目次

火《ほ》影《かげ》に咲く

紅《こう》蘭《らん》

I

また、紅蘭《こうらん》の喉がかすかに震えた。

なにか、こみ上げてくるものをこらえるように、そのたび彼女《かれ》はきつく唇を嚙《か》む。息を詰めて傍らの麻袋に手を伸ばし、中から粟《あわ》を摑《つか》み出すと、庭に向けて撒《ま》いた。撒く、というよりそれは、誰かを撲《ぶ》つ仕草に似ていた。庭で羽を休めていた鳩《はと》は素早く飛び下がったが、少し離れた場所で労咳病《ろうがいやみ》のように喉を鳴らして様子を窺《うかが》った後、コツコツと地面をつつきながら彼女との間合いを詰めていった。そのときにはもう紅蘭の目は、屋敷に覆いかぶさって立つ松の老木に向けられている。いや、もしかすると枝の間を抜けて、その視線はずっと遠くをさまよっているのかもしれない。木々が織る綾《あや》をなした陰影が縁側にひとり座る彼女の上にも落ち、それが、五十半ばの女の面《おもて》をいっそう老いたものに見せていた。

風が渡って、木々が大きく傾《かし》ぐ。もうすぐ比叡《ひえ》おろしが吹く頃になる。

「冷えてきましたえ。そろそろ中へお入りにならはって」

不意に後ろから声を掛けられて、紅蘭は眉間に皺《しわ》を寄せた。振り向いて、そこに女中のお栄《えい》が膝をついているのを目にしてもなお、彼女は訝《いぶか》しげな表情《かお》を崩さなかった。仕えて三年にもなるお栄は身をすくめ、ぎこちない笑みを返す。

「みなはん、お帰りにならはりましたえ。あないにぎょうさんの方に葬《おく》られて、旦那様はお幸せどすな」

お栄はつぶやき、手にしていた羽織をそっと紅蘭の肩に掛けた。

「せやけどみなはんのお話聞いとったら、なんや背筋が冷えましたわ。癸丑《きちゆう》の年に黒船が来てからもう五年も経っとおすに、御公儀はちっとも異国を払われへん。それどころか、今度は港を開いて交易までするゆうとりますのやろ」

静寂を恐れるかのようにお栄はいたずらに言葉を継ぐ。紅蘭はまた麻袋に手を伸ばし、粟を撒く。鳩は一旦飛び下がり、また寄せる。

「これからますます物騒になる、こないな時世を生きとうはない、みなはん、そう言うて」

紅蘭の片頬が大きく歪《ひず》んだ。

「だから、旦那様はよいときに死んだ、そう言いたいのか？」

お栄は言葉に詰まり、うつむいた。彼女はまだ、二十歳《はたち》の若さだった。すぐれた容貌《きりよう》の娘だった。お栄を選んで家に入れたのは紅蘭の意志によるもので、それは、どんな些細《ささい》なものであれ夫の周囲は常に美しいものに彩られているべきである、という彼女の一貫した信念に通じていた。

「気遣《きづか》うてくれるのはありがたいが、慰めはいらぬのじゃ。私は、旦那様と長う添《そ》うた。その御意思もお考えも知り尽くしておる。姿はのうなっても、旦那様と共にいることに変わりはない」

詩人・梁川星巌《やながわせいがん》が死んだのは昨日のことだった。

当代一、二を争う高名な詩人の葬儀《とむらい》だけあって昨夜から弔問の客が絶えず、この日の昼過ぎ、南禅寺天授庵への埋葬が済んでようやく人の出入りが途切れたところであった。

「どうも食欲がない」と星巌が言い出したのは、まだほんの十日ばかり前のことだ。元来が健啖《けんたん》な美食家で、二日前にも「鱧《はも》を食うた」と上機嫌で帰ってきたばかりだったから、暑気あたりでもしたのだろうと紅蘭ははじめ、さほど気に留めなかったのだ。ところが翌日ひどい腹下しを起こし、それから水も受けつけぬほど衰弱するまで、あっという間だった。

コロリではないか。

見舞いに訪れた頼三樹三郎《らいみきさぶろう》は、そう言って血相を変えた。彼は、星巌が敬慕した文人・頼山陽《さんよう》の三男であり、星巌の門人でもある。三十半ばの聡明なこの男を星巌は常日頃もっとも頼みにしていたが、「医者を呼んだほうがよろしい」という三樹三郎の勧めには従わなかった。

「わしは七十まで生きた。命はとうに天に預けてある」

紅蘭は片時も星巌の側《そば》を離れず、仮眠すらとらずに彼の汗を拭い、こまめに下の世話をした。夫の一切を背負って、お栄の手さえ借りようとはしなかった。だが容態は持ち直すことなく、いよいよ命の火が尽きることを悟った星巌は、紅蘭に部屋から出ていくよう命じたのだった。

「男子たるもの、婦女子の手を煩《わずら》わせて死ぬるわけにはいかぬ」

というのがその理由であり、彼女は半ば強引に夫の枕元から引きはがされることになった。星巌の側には三樹三郎ら門人数人が付き添った。最期《さいご》は、門人たちの手を借りて布団の上に正座するとそのまま息を引き取ったのだと、紅蘭はあとになってから聞かされた。

鳩が、紅蘭の足下に寄って、餌を催促するふうになにもない地面をつつく。

「この東三本木《ひがしさんぼんぎ》に越してからというもの、毎日のように見ておる鳩じゃというように、今こうしていると旦那様の化身に思えてくるから妙なことよ」

紅蘭は言って、庭の老松から鴨川《かもがわ》にかけてゆっくりと目を動かしていった。

「旦那様は、川の側を好まれた」

「……は？」

である。古く

「鴨沂小隠《おうきしょういん》」は、星巌と紅蘭が京でもっとも長く暮らした川端丸太町《かわばたまるたまち》の家である。古く粗末な庵《いおり》だったが、土手とひと続きの庭には柳や椿《つばき》、橘《たちばな》といった木々が植わり、夫婦はしばしば、季節ごとに趣を変える庭の風情《ふぜい》を語り合ったものだった。

「じゃが、川というのは無慈悲なものよ。絶えず流れて一時たりとも同じ姿を見せぬのだから」

お栄は応えあぐねて押し黙った。

風がおさまると、その庭には動くものがなにひとつなくなった。鳩もいつしか、餌をもらうことを諦め、飛び去ってしまったらしかった。

藍川《あいかわ》は、どこまで流れていくの？

幼い頃、紅蘭は父にそう訊《き》いたことがある。村の近くをたゆまず流れるその大河は、永遠に旅を続けていくものだと、その頃の彼女は信じていた。

ここからずーっと南の伊勢国《いせのくに》まで流れていくのだ、と父は言った。それから海というものに注ぐ、とてつもなく広く大きな場所に出るのだ、と。

「海」という言葉の響きが、いつまでも紅蘭の耳に残った。けれど、美濃国安八郡曽根《みののくにあんぱちぐんそね》村《むら》という山間《やまあい》の村に育った彼女には、その姿をうまく思い浮かべることができなかった。

それからというもの紅蘭は、折々に海の様を空想した。時とともに空想は、未《ま》だ見ぬものへの憧憬へと転じていった。

はじめて梁川星巌を見たのは、彼女が十四歳のときだ。

もっとも、又従兄《またいとこ》であるこの若者の噂《うわさ》はそれまでもたびたび耳にしており、裕福な郷士の長男として生まれながら、父親が亡くなった後に家督を弟に譲って自らは遊学の旅に出た、という風変わりな彼の経歴は、ここより他の世界を知らぬ少女にとってひどく鮮烈に感じられた。だから、星巌が江戸から帰郷して、詩法を教える「梨花村草舎《りかそんそうしや》」なる塾を開いたと聞いたとき、彼女は真っ先に様子を窺いに行ったのだ。

「きみか。大きゅうなったのう」

張《ちよう》紅蘭という号を用いる以前、まだ幼名の「稲津《いなづ》きみ」を名乗っていた彼女は、初対面のはずの星巌が自分を知っていたことに驚いた。

「覚えておらぬか。わしはそなたをあやしたことがある。まだ赤子の時分によ」

彼はそう言うと磊落《らいらく》に笑った。乱暴にまとめ上げた総髪に無精 髭《ぶしようひげ》、眉が太く、目ばかり炯々《けいけい》とした星巌はお世辞にも好男子とは言えず、旅の風塵《ふうじん》が深く染み込んだ顔は、二十九という齢《よわい》が持っているはずの若々しさや滑らかさがこそげ落とされ、まるで長らく閑居した老人のように見えた。襟の擦り切れた木綿の袷《あわせ》からは、岡船が時折運んでくる干魚のような臭いまでする。紅蘭は、星巌が近づくたびに息を止めねばならなかった。

「そなた、漢詩を学びに来たのか?」

いいえ。私は江戸の話を伺いに参りましたのじゃ。ここより外の町の様子を訊きたいと思うておりますのじゃ。彼女がそう答えるより先に星巌は、「それはええかもしれん」と馬鹿に大きな声を出した。

「漢詩は雄々しさもある文学じゃ。それをあえて女の目で作るゆうのは面白い」

彼はひとりで合点し、紅蘭の腕をとると半ば強引に教場へ引き入れた。集まっていた門人の目が一斉に紅蘭に注がれ、すると途端に、彼らの顔色に陽《ひ》が射《さ》した。

男ばかりの塾に女が現れた、しかも、村の男たちの誰もがその美貌に焦《こ》がれているきみである。師に促され教場の一番後ろに座った紅蘭を、塾生たちはちらちらと見遣《みや》った。星巌は、一変した座の雰囲気にも気付かぬ様子で、さっさと講義をはじめた。先程とは別人のように静かな声で、詩を吟じていったのだ。

紅蘭がそれから足繁《あししげ》く梨花村草舎に通うようになったのは、星巌の早合点で加わることになった最初の講義で、いっぺんに漢詩というものに取り憑《つ》かれてしまったせいだった。とはいえ、すぐに詩の意味を解せたわけではない。なにしろ、簡単な読み書きしか学んでこなかった彼女には、はじめて見る漢字のほうが遥《はる》かに多かったのだから。それでも五言、七言と一句の数を揃《そろ》えて隙なく並んだ漢字は、いくら見ていても飽くことのない美しさで、仮名で書かれた和歌のたおやかさとは異なる毅然《きぜん》とした佇《たたず》まいを感じさせた。

さらに驚くべきは、詩が音として発されたときの響きにあった。一見まるで趣の異なる起句と承句が、末尾の一言《いちごん》で韻を踏むことによって連なり共鳴し合うのだ。紅蘭は目を閉じて星巌の朗読を聞きながら、ずっと以前に父が手すさびに作った風鈴を思い浮かべていた。小さな木片の四隅に使い古した火箸を吊《つる》したものだった。火箸はそれぞれ少しずつ違う形を持っていたが、風が吹くと隣り合わせのものが触れ合い、無骨な見た目からは想像もつかぬ涼やかな音を立てたのだ。

言葉は、数えきれぬほどこの世に満ちている。

星巌はよく、そう言った。その中から己の思いにもっともふさわしいものを、わしらは選び取ることができるのだ、と。塾でも家でも、紅蘭は詩語集を手放さなかった。そこに並んだ漢字をなぞった。計り知れない大きな世界が、あまたの漢字の向こうに広がっているような気がしていた。


十六歳になった紅蘭が、詩作の上で好んで手本にしていたのは、星巌が書いた「馬上雑吟」という詩である。四年ほど前、江戸から信濃《しなの》へと旅をしたときに碓氷峠《うすいとうげ》で詠じた詩なのだと彼は言った。

孤雁高摩月

残星半堕雲
荒鶏声十里
游子夢中聞
《はぐれ雁《かり》は高く、月をかすめて飛ぶようだ。消え残った星は、もう半分近く雲の中に落ちた。けたたましい鶏の声が十里にも響き渡るのを、旅の男は夢の中で聞いている》
「孤雁高摩月」と「残星半堕雲」が左右に果てなく広がって、幻想的な一枚の絵を描いている。その絵に奥行きを与えているのが、「荒鶏声十里」という転句で、「游子夢中聞」は湿り気や温《ぬく》みといった手触りを空間にもたらす。月の青い光、藍に塗られた山々、虫の音すら間遠《まどお》な静けさ、遥か遠くから聞こえてくる調子はずれな鶏鳴。すべてがはっきり目に浮かぶようで、幾度となく詩を読むうちに紅蘭は、それが自分自身の体験であると錯覚するほどだった。
そう打ち明けると、星巌はいつものように豪快に笑って、
「しかしわしは、この通りの景色を見てはおらぬ」
と、拍子抜けすることを言った。
「つくりごとにございますか?」
彼は蓬髪《ほうはつ》をバリバリ掻《か》きむしりながら、紅蘭の向かいに腰を下ろした。ちょうど講義が終わったばかりで、門人たちはひとり、またひとりと教場から消え、広い座敷にはや

がてふたりだけになった。

「だいたい『游子』は寝ておる。とすれば夜景は見えまい」

星巌はなお、はぐらかす。馬鹿にされている、と紅蘭は思い、きつく師を睨《にら》んでから書物や矢立《やたて》を風呂敷に包みはじめた。星巌は苦く笑い、また鬢《びん》の辺りを掻いた。

「よいか、きみ。世の中には現実《うつつ》より確かな真《まこと》がある」

「うつつよりも、まことなもの……？」

星巌は、ひとつ頷《うなず》く。

「目で見たものより、信ずるに値するものじゃ。物事の奥底にあるものを心の目で見る、と言えばよいかのう」

紅蘭は手を止めて、居住まいを正した。

「感じ取ったものこそが真のようにわしは思う。現実かどうかではのうてよ。じゃが、真を感じるためには多くの現実を見なければならぬ。内に籠《こ》もっていてもなにも見えんのじゃ」

なにを言っているのか、紅蘭にはまるでわからなかった。ただ侮《あなど》られまいとして、まばたきもせずに星巌を見詰め続けた。その眼差《まなざ》しが痛くなったのか、彼は窓の外に目を向けた。

「だからわしは、旅を続けてきたのかもしれん」

「詩に書く材料を探すために旅をなさった、と?」

「いや、ちと違う。ただ旅をし、漂うて生きておることが、そのまま詩になればええと思うておる」

言ってしまってから星巌は、うっかり吐いた言葉をかき消そうとでもするつもりか、自分の顔の前で大袈裟《おおげさ》に掌《てのひら》を泳がせた。のぼせ上がったように耳まで真っ赤にしている。その子供じみた慌てぶりは、紅蘭が思わず噴き出さずにはおられぬほど滑稽なものだった。今度は、星巌が不服面《ふふくづら》になる番だった。

「おなごが怒ると厄介じゃ。根負けしてつい、真のことを言わされる」

星巌がそそくさと教場を出ていってしまうと、紅蘭の側には彼の匂いだけが残された。あの、干魚の匂いだった。

――海の匂いなのじゃ。

そう思った。どこまでも広く大きな海は、きっとこういう匂いをしているのだ。

紅蘭が、星巌のもとに嫁ぐことを決めたのは、その一年後のことだった。彼に請われたわけではなく、彼女から望んだ縁談だった。村一番の美貌の娘が、三十過ぎの禄《ろく》も土地もない男のもとへ嫁入りする、という噂はすぐに広まり、独り身の男たちを驚かせ、また落胆させた。

紅蘭は自らの噂を耳にして、密《ひそ》かに胸を撫《な》で下ろした。自分は美しいのだ。星巌の世界に収まってよい存在なのだ、と。

Ⅱ

表戸が激しく叩《たた》かれたのは、星巌の葬儀が済んで三日後のことだ。

ちょうど夕餉《ゆうげ》の膳を下げようとしていたお栄は、どういたします、というふうに紅蘭を見遣り、主人《あるじ》が頷くのを見てすぐに玄関へと向かった。ややあってお栄が戻るとすでに膳は下げられており、掃き清められた座敷には紅蘭が端然と座していた。お栄も、また後ろに続いた頼三樹三郎も一瞬息を呑《の》んだのは、紅蘭の総身に、夫を亡くしたばかりの老女とは思えぬ威厳が漲《みなぎ》っていたからだろう。

三樹三郎は一礼すると、せわしなく座に着いた。

「先刻、梅田雲浜《うめだうんぴん》先生が捕縛され申した」

まだ弾んでいる息の下で彼は言い、お栄が小さな悲鳴をあげた。

「井伊掃部頭《いいかもんのかみ》は近く、ご老中の間部詮勝《まなべあきかつ》を京に送り込むとのこと。となれば、尊攘派《そんじようは》の大がかりな捕縛が行われましょう」

幕府の執政は黒船来航以来、迷走を続けている。日米和親条約に続き、修好通商条約まで結べと申し入れてきた亜米利加《アメリカ》との折衝も困難を極めた。あきらかに異国に有利なこの不平等条約に印を捺《つ》けば、国の損失は目に見えている。攘夷《じょうい》志士はもちろん、諸侯の中にも非難の声をあげる者が少なくなかったが、小山ほどの艦船を造る高い技術力を持った異国に武力も武器も敵《かな》うべくもない幕府は、戦《いくさ》回避の道を探るよりほかない。つまり、条約調印は避けられないところまで立ち至ったのである。

そこで、ときの老中・堀田正睦《ほったまさよし》は、これまで政《まつりごと》の埒外《らちがい》にあった朝廷を利用する方策を打ち立てた。条約調印を朝廷に容認させれば、開港開市は朝幕双方の合意によって行われたということになる。要は、調印の責任を分散させようと考えたのである。

しかしこれが結果、裏目に出た。極度に異人を嫌う孝明《こうめい》天皇が、調印に猛然と反対したのだ。幕府は自ら働きかけ、「必ず条約を破棄せよ」という、初手の目論見《もくろみ》とは正反対の勅命を手に入れたようなものだった。

異国からの厳しい開港開市の催促と排外運動との板挟みになった、この幕府の難局を打開したのが、新たに大老職に就いた彦根《ひこね》藩主・井伊直弼《なおすけ》である。彼は勅許を得ぬまま、専断で通商条約に調印するという強硬手段に打って出た。

これにより、攘夷志士の活動は激しさを増す。水面下で反幕派の公卿《くぎょう》に働きかけ、口を極めて幕府の勝手な条約調印の非を訴え、公武合体を求める勅諚《ちょくじょう》を幕府と水戸藩に出さしむるという前例のない成果を上げていた。

「井伊はこれ以上天朝が幕政に介入してくるのを恐れておるのでございましょう。天子様を動かすほどの力を持った我ら攘夷志士にも脅威を感じている。こたびの勅諚に関わった有志すべてを獄に繋《つな》ぐ考えか、と。しかしこれほど早《はよ》うに捕縛がはじまるとは」

三樹三郎は眉間を揉《も》んだ。なにも言わぬ紅蘭の代わりに、お栄が遠慮がちに「他に捕らわれた方は？」と訊く。

「いや、まだ。しかし近く捕吏が来るはずじゃ。私のもとにも。それから、おそらくここにも」

「ここにも？」

お栄が声を震わせる。

「星巌先生が亡くなられたとはいえ、家捜しはされましょう。書簡や連状は今のうちに片付けられるがよろしい。梅田先生の屋敷にあったものは、寄宿していた赤根武人《あかねたけと》ゆう男が始末致し、難を逃れ申した。これ以上、幕逮者を出してはまずい」

「頼様はこの後、どないしはるおつもりです？」

「私も身を隠さねばなりませぬ。志を遂げるためにも」

そのとき、紅蘭がようやく口を開いた。

「なにゆえ、捕吏がここへ来る？」

三樹三郎も、そしてお栄も怪訝《けげん》な面持ちを隠さず、紅蘭を見詰めた。

「旦那様は詩人じゃ。世を騒がすことなどしておらぬ」

「さよう。先生は詩人じゃが、勅諚降下に大きく貢献なされた。私や梅田先生と共に幾度も公卿方に幕府非難の入説《にゅうぜい》をしておったことを、紅蘭様もご存じのはず」

紅蘭は静かに首を横に振る。

「それは単に、そなたらに付き合《お》うただけのこと。旦那様は攘夷の御意志など持っておらぬ。だいいちが詩を生むよりほかに能のないお方じゃ」

「その詩さえ作れぬほど世が荒《すさ》んでしもうたゆえ、先生は運動に手を染めたのではござりませぬか」

紅蘭の顔に冷笑が浮かんだ。

「そなたは詩のことをまるでわかっておらぬ。詩というものは、世のしがらみから解き放たれてあるものじゃ。どのような世であれ、それを詩にうたうことができるのじゃ。私どもは一生涯で使い切れぬほどの言葉に抱《いだ》かれて在る。いつ何時でも、その海の中を心のままに泳いでいくことができるのじゃ」

三樹三郎は瞑目《めいもく》した。強い失望と憤りとが、彼の全身から鬼火のように立ち上っている。

「悪謀方の問屋と……」

言ってから、まっすぐ紅蘭を見据えた。

「幕吏らは先生のことを、志士を囲って朝廷工作を率いた『悪謀方の問屋』と申しております。長州の吉田松陰《よしだしょういん》、久坂玄瑞《くさかげんずい》、薩摩《さつま》の西郷吉之助《さいごうきちのすけ》と、ここには多くの志士が通うて来ていた。役人たちはすでにその証《あかし》を握っておりまする。捕吏は必ずここにも来る。せめて他の志士に累が及ばぬようにせねば。もう刻《とき》がござりませぬ」

紅蘭は、それには応えなかった。彼女は、傍らに置かれた行灯《あんどん》を見詰めている。先刻から火が頼りなく揺れているのだ。

「お栄。油を注《つ》がぬか。火が消えるぞ」

「はい」と掠《かす》れた返事をしたお栄は腰を浮かしつつ、紅蘭ではなく三樹三郎を窺った。彼はその視線の意味を悟り、お栄に向かって小さく頷いた後、彼女のあとに続いて座敷を出ていった。

紅蘭は再び、ひとりきりになった。油を取りに行ったはずのお栄はなかなか戻ってこない。星巌が使っていた部屋から、紙をたぐる乾いた音が立ちはじめた。「それもみな、捨てるのじゃ」と低く命じる三樹三郎の声が、気忙《きぜわ》しく響いてくる。紅蘭は、座したままだ。

行灯の火が一度大きく揺れて、ジュッと短い悲鳴を最後に、消えた。

「そなたの悪いところは、理詰めでものを考えることよ。それは詩人のやり方ではない。儒者の考え方じゃ」

夫婦《めおと》になって間もない頃、紅蘭はよく、夫にそうたしなめられた。それはたいがい彼女が物事の道理をしつこく問うたときで、答えに窮した挙げ句、顔を赤くして叱りはじめる夫の様子が面白く、わざと屁理屈《へりくつ》を並べ立てたものだった。

実際夫は、思想を論じることを極端に厭《いと》うていた。男たちが好んで交わす世情や国事といった議論から、常に素早く逃げ出していた。そうしてひとつところに囚《とら》われず、いつでも軽やかに旅をした。

はじめは、一緒になって三月《みつき》もせぬうちのことである。

「少しばかり留守にする。その間に、『三体詩』の絶句くらいは覚えておくがよい」

彼はそう言い残し、ふいっと姿を消したのだった。詩を作りに行ったのだ、ひと月もすれば帰ってこよう、という紅蘭の読みは大きく外れ、彼女が三体詩の絶句をすべて覚え、さらに律詩までものにしてしまってもなお、夫は帰ってこなかった。

娶《めと》ったばかりの妻を置いてどこでなにをしているのか――娘を案じた父親はさかんに離縁を勧めたが、紅蘭はかぶりを振り続けた。

星巌が帰ってきたのは、実に二年後のことである。それであるのに彼は、まるで近所の散歩から戻ったような気軽さで、「ええ陽気になったのう」と微笑《ほほえ》み、大あくびをしたのだった。

これで気が済んでしばらくは家に落ち着くであろう。そう信じて、彼女は夫をひと言も責めず、かいがいしく身の回りの世話を焼いた。紅蘭は十九歳になっていた。そろそろ子を産みたいとも思っていた。自分の一家というものを作りたかったのだ。だから、帰還からわずか半年で、夫がまた旅に出ると言い出したとき、彼女はとっさに、

「ならば私もお連れくださいませ」

と叫んだのだった。梁川星巌という男と、きちんと夫婦になりたかった。それ以上に、底の知れないこの詩人をもっと知りたいと欲していた。

西へと向かう旅だった。伊賀《いが》、摂津《せっつ》、備前《びぜん》、讃岐《さぬき》、安芸《あき》、筑前《ちくぜん》、肥前《ひぜん》。紅蘭は二十代のほとんどを、旅の中に過ごしたことになる。

諸国の詩人を訪ねては酒を酌み交わし、気に入れば何日もひとつところに逗留《とうりゅう》し、思いつきで次の行き先を決めるという当《あ》て所《ど》ない道行きを楽しんでいるのはしかし夫ばかりで、彼女は絶えず不足しがちな路銀のやり繰りに頭を悩ませねばならなかった。なにしろ、各所の詩人たちの饗応《きょうおう》がなければ旅を続けることができぬほど、ふたりは貧しかったのだ。

だからこそ紅蘭は、嚢中《のうちゅう》の乏しさを周りに悟られてはならぬ、梁川星巌という才能をみすぼらしく見せてはならぬと躍起になっていたのだ。星巌の着物をこまめに繕い、詩が売れて懐《ふところ》が温かくなれば真っ先に反物屋に駆け込んで夫の着物を誂《あつら》えた。自らも身なりには気を遣った。一枚きりの着物は地味な矢鱈縞《やたらじま》だったが、襟に赤を用い、白粉《おしろい》、

紅は欠かさず、髪は大きめの丸髷《まるまげ》にして父から贈られた蒔絵《まきえ》の櫛《くし》を挿した。ただただ彼に添うにふさわしい姿でありたいという一念だった。
この道中、彼女ははじめて海というものを見た。それは、想像を遥かに超えて広大で、信じがたいほどの光に満ちていた。ただし、その匂いだけは思った通りのものだった。彼女の、よく知っている匂いだ。
瀬戸内の穏やかな海も、長崎の入江の美しさも、紅蘭は今でもはっきり思い出すことができる。さまざまな表情で海は、旅に疲れた彼女を慰めた。潮風に身を解きほぐされながら、彼女はよく、李白《りはく》の「山中問答」を諳《そら》んじた。
問余何意栖碧山
笑而不答心自閑
桃花流水杳然去
別有天地非人間
《ある人が私に尋ねた。どのような気持ちでこの緑深い山奥に住むのか、と。私は笑って答えなかった。それは説明できぬ心の豊かさなのだ。春の陽の中、桃の花は咲き香り、散った花びらは谷川の流れに乗って消えていく。煩わしい人の世から遠く離れた、美しい自然の世界。ここは別天地なのだ》
「山奥を描いた詩じゃに、なぜ海を見てそれを思う」

夫は笑って、そう問うた。

「私は山に育ちましたから、そこが人の世でございました。海に出ると世俗から解き放たれる気がいたします」

「なるほど、そういうものか」

海辺に建つ宿屋の一室で、星巌は壁にもたれて団扇《うちわ》を使っている。

「それに『別有天地』という漢字の並びが美しいから好きなのです。この七言絶句は」

私たちふたりの居る場所を詠《よ》んでいるようではありませんか。そう続けたかったが、紅蘭は不意に面映《おもは》ゆくなってうつむいた。

「それは七言絶句ではない。古詩じゃ」

星巌の鋭い声が、和やかだった空気を割いた。

「一見絶句の形をしておるが、平仄《ひょうそく》が乱れておろう」

そう言われて改めて見ると、確かに「山中問答」は音の乱れるところがある。それでも、ひどく味気ない夫の物言いに、紅蘭は密かに肩を落とした。

「教えたはずじゃ。抑揚なく平坦な音が平声《ひょうしょう》。語尾が上がるのが上声《じょうしょう》、下がるのが去《きょ》声《しょう》。語尾が短く詰まるのは入声《にっしょう》じゃ。平仄の『平』は平声のこと。『仄』はそれ以外の三つの音。それが決まりに従って置かれなければ、見事な旋律を奏でることはできん」

漢詩を学んでいて、ときに興の削《そ》がれる思いをするのは、こうした細かに張り巡らされた決めごとに突き当たるときだった。梨花村草舎の門人には、次から次へと出てくる法則につまずいて詩作を諦める者も少なくなかった。

紅蘭はけれど、漢詩にまつわるさまざまな法則は、より極まった詩の美しさを叶《かな》えるため、そしてひとつひとつの漢字の個性をより際立たせるためにあるものだと理解していた。はじめて詩を見たときの、あの絶対的な美しさ。ここより他に居るべき場所はないのだと言わんばかりの誇らしげな漢字の立ち方に、彼女はずっと憧れている。それに詩のすべてを知ることは、彼女にとって夫に近づいてゆく過程でもあるのだ。

「絶句や律詩ほど細かな平仄の枠が古詩にはない。むろん平仄通りではないものにも見事な詩はある。これもそのひとつじゃ」

「それだけ枠に囚われず、自在に言葉が編まれているからでしょうか？」

紅蘭が嬉々《きき》として言うと、夫は一旦目を伏せ、「どうであろう」と思慮深げな声を出した。

「むしろ枠があるからこそ、なににも囚われずにいられるのではなかろうか。安堵《あんど》して己を無にし、景色に溶け込めるのではないか。そうやって思うまま漂うて、先人の作った楔《くさび》にかろうじてなにかしらの思いが引っかかる。それが詩というものだとわしは思う」

妙なことを言う、と紅蘭は思った。彼女は常に、自分の思いを突き詰めて追い込んで言葉を紡いでいた。核心や答えを明確にするための言葉を選んできたのだ。己を溶かし出してしまえば、ふさわしい漢字に辿《たど》り着くことさえできないというのに。

「詩に臨むとき、わしはなにもいらなくなる」

夫はそう言って大きく伸びをした。

「……なんにも？」

「ああ、なにも。故郷《くに》も、友も、己さえも」

彼はごろりと畳の上に寝そべると、紅蘭に背を向けて、すぐに寝息を立てはじめた。表では蜩《ひぐらし》が鳴いて、昼間の熱を宿した湿った風が部屋に流れ込んできていた。

紅蘭は膝を崩した。そのままそうっと横になり、夫の背中に寄り添った。襟足の匂いを吸い込み、汗ばんだ首筋に唇を押し当て、その背にしがみつくように体を寄せた。

――まだ遠い。

美濃を出て、もう二年半が過ぎていた。ふたりには子ができず、帰郷の口実も失われたまま、紅蘭は夫の背中だけを頼りに歩いていた。いずれこの旅は、どこか広いところに漕《こ》ぎ出すことができるのだろうか。

もっと近づかねば。夫の足取りを見失わぬように。夫の思いを余すことなく受け止められるように。そのためならば、夢中になって学んでいる漢詩でさえもひとつの小道具に思えることが、紅蘭にはあった。

Ⅲ

老中・間部詮勝が京に入った九月半ばから、幕府による攘夷志士の捕縛は酷烈に変じていった。志士のみならず、彼らと結んで暗躍している公卿にまで捕吏の手は伸び、続々と逮捕者が出る。類を見ない非情な大獄に、志士たちはいっそう幕府への憤懣《ふんまん》を募らせ、尊攘派の公卿たちは震え上がって、辞官、または落飾して難を逃れる者が出る始末だった。

「梁川星巌は死（詩）に上手」

そんな戯言《ざれごと》があちこちで囁《ささや》かれている。攘夷運動の首謀者でありながら、一斉捕縛の直前に大往生を遂げた星巌を、京雀《きようすずめ》たちは「運がいい爺《じじい》や」と言いくさしているのだった。

紅蘭はこのところ襖《ふすま》を閉《た》てて星巌の部屋に籠もることが多かったが、この日の昼過ぎ、久方ぶりにお栄を呼び、糸と針を用意するよう言いつけた。「繕い物ならうちが……」と、襖を開けたお栄は目を瞠《みは》り、立ち尽くした。

畳の上に、紙が散乱している。その紙の上を険しく難解な漢字が這《は》いずっている。部屋を埋め尽くした仮名ひとつ交えぬ文字の群れは、あたかも呪文のごとき禍々《まがまが》しさを放ち、彼女の総身を粟立たせた。

「いや。繕い物ではないのだ。この詩を綴《と》じようと思うてな。旦那様の遺稿をそろそろまとめねば」

紅蘭は背を丸め、漢字ひとつひとつを愛《いと》おしそうになぞった。

星巌はその生涯に多くの詩集を残した。安芸から九州へと西国を旅したときに書きためた『西征集』、江戸で私塾「玉池吟社《ぎよくちぎんしや》」を開いた折に起こした『玉池生集』、京に移り住み華頂山《かちようざん》の北に住んだ折の『黄葉山房集』、そして川端丸太町の庵で書いた『鴨沂小隠集』。だが詩集に入らなかった作がまだ残っているのだ、と紅蘭はどこか誇らしげに語った。

「旦那様はお歳《とし》を召されても、詩を作り続けた。詩は一度たりとも旦那様から去らなかったのじゃ。すべてを残さねば。いずれも、後世に読み継がれるべきものじゃからのう」

お栄はそれに応えることも、針と糸を用意することもなくその場に佇んでいたが、ややあって思い詰めた様子で敷居を越すと、漢字が及んでいない座敷の隅に膝をついた。

「頼様が身を隠されたんを、お聞き及びでございましょう。捕吏はいずれここにも来る、旦那様の代わりに御内儀様《おえはん》が牢《ろう》に繋がれるやもしれぬと、頼様があのとき……」

「もしそのようなことあらば、遺稿のことは、お栄、頼んだぞ」

「うちには、どないしようもござりませぬ」

「なに、厨《くりや》の床下に隠し、ほとぼりが冷めた頃に引き上げればよいのじゃ」

お栄は、子供が駄々をこねるように肩をゆすった。

「どうぞお逃げくださいませ。旦那様のために、御内儀様が罪をお引き受けになることはございません。あないに諍《いさか》い合うた旦那様のために」

差し迫った声だった。紅蘭の顔から笑みが消える。

「なにを申しておる。諍いなぞと」

「志士たちが出入りするようになって、よけいに激しゅうならはって。旦那様も旦那様や。御内儀様を少しも寄せつけんで、客人とお部屋に籠もってばっかりやって」

星巌と紅蘭の言い争いは、辺りで知らぬ者がないほど派手なものだった。諍いがはじまると隣近所の者は固唾《かたず》を呑んで口論の行方に耳を澄ました。女が男と互角に怒鳴り合うのが物珍しかったのだろう。もっとも声を張り上げるのは紅蘭ばかりで、星巌はまともに相手にせず、やり過ごすのが常だった。そうしながら、密かに美濃の実家に書状をしたため、紅蘭を引き取ってほしいと訴え続けたのだ。

お栄は、夫婦のもとに奉公に上がってからというもの、齢を感じさせぬきめ細かな肌と整った目鼻立ちを誇っていた紅蘭の顔に、次第に険が浮かんでくる様を間近に見続けねばならなかった。星巌が死んだとき、これでようやっと紅蘭の辛苦の日々が終わったと、お栄は安堵の息をついたのだ。

「のう、お栄。夫婦のことは夫婦にしかわからぬものじゃ。生涯を通してもっとも旦那様の近くにおったのは、この私じゃ。旦那様を知り尽くしておるのも私ひとりだけなのじゃ。ゆえに、旦那様に詮議あれば私がお受けするのが筋というもの」

顎を上げた紅蘭に比して、お栄は身をすくめ、小さく震えてさえいた。が、「それは、妻の役目やおへん」と絞り出すように言ってしまうと、彼女の口は恐ろしいほど滑らかに動きはじめた。

「御内儀様の負おうとされとることは、妻の域を超えとおす。確かに妻は夫を支えるもの。せやけど、旦那様のお役目やお考えにまで口を出すんは過ぎたことと、うちは母から教わっとおす。女房ゆうんは、ただ居心地のええ場を作り、旦那様の帰りを黙って待つものやと。分をわきまえてこそ家というものが成り立つんや、と」

堰《せき》を切ったように言葉を並べるお栄を、紅蘭は凝視していた。その顔色が白く変わってゆくのにお栄は気付かないようだった。

「旦那様を陰で支え、情をいただき、子を育《はぐく》み、家を守るんが女の務めにございます。お武家ならまだしも、妻が夫のお役目での咎《とが》を負うなぞ、そのような謂《い》われはあらしまへんのんや」

鳩のくぐもった鳴き声が漂ってきていた。紅蘭は、庭に目を向けた。

「餌を、やらねば」

「せやからどうぞ、どうぞ逃げとくれやす。御内儀様は、旦那様のなさったことになんの関わりもおへん。それはうちがこの目で見とおした。ただ妻として同じ屋敷に住まっただけのこと。旦那様と、お気持ちが通じとらしたわけやあらしまへん」

紅蘭は静かに立ち上がった。彼女は、座敷中に広げた紙を踏まぬよう用心深く足を運び、お栄の前に立った。お栄が懇願するように顔を上げる。

刹那《せつな》、紅蘭の手が高く上がり、お栄の頰を鋭く打った。

彼女の華奢《きやしや》な体は襖のところまで飛んで、大きな音を立てた。

無惨に転がったまま、みるみる腫れていく頰を呆然《ぼうぜん》とおさえるお栄に、紅蘭は言い放った。

「私は、ただの妻なぞではない。梁川星巌の高弟であるっ」

お栄は息も漏らせずにいた。紅蘭は足下に目を向けようとさえしなかった。庭では相変わらず、餌をねだって鳩が長閑《のどか》な鳴き声を立てていた。

紅蘭はその翌日、屋敷に踏み込んだ十数人の捕吏によって召し捕られた。

意外なことに彼らは、星巌の死んだことを未《いま》だ知らなかった。

「まことに死んだのか？　ならば、墓を検分する」

紅蘭は腰縄を打たれ、男たちに南禅寺まで引かれていった。彼女の目の前で、盛ったばかりの柔い土が掘り返され、墓が呆気《あっけ》なくあばかれる。早桶《はやおけ》の蓋が取り去られると、そこには星巌がひっそりと座していた。めっきり冷えてきた陽気のせいだろう、彼の形はまだ、そのままにとどまっていた。捕吏たちは、どこで用意したものか人相書きと遺《い》骸《がい》とを見比べた後、忌々《いまいま》しげに舌打ちした。紅蘭は一通りの作業を、抗《あらが》うことも泣き叫ぶこともなく、淡々と見守った。ただ、桶が開けられたときに深く息を吸い、「海の匂いじゃ」と低くつぶやいただけだった。

彼女は星巌の代わりに投獄され、京都町奉行・小笠原長常《おがさわらながつね》の厳しい詮議を受けることになった。

星巌が手を染めた謀反の企てを申せ、どのような人物が出入りしていたか、通じていた公卿の名は、血判状はどこに隠しているのか。紅蘭はすべての問いに、「私はなにも存じませぬ」と言い通した。

「知らぬはずはなかろう。同じ屋敷に住んでおったのだ」

小笠原が声を荒らげると、紅蘭は奉行を睨み据えて返した。

「ならば伺いましょう。御奉行様は、お役目の子細を奥方様に逐一お話しなさいますのか？　家に帰って国事を論じますのか？　お役目の手助けをしてくれと奥方様に請うたことがおありか？」

小笠原は言葉に詰まり、紅蘭は表情を失ったまま続ける。

「それが妻の分というものじゃ。控えて待つのが妻の分だそうにございます。私はそう、説かれました」

言い終えた途端、彼女は身をのけぞらせて笑い出した。瀬戸物を擦り合わせたようなざらついた笑い声だった。あまりに不謹慎なその態度を役人たちがとっさに咎めることができなかったのは、彼女の嘲笑が周囲に向けられたものではなく、自らを苛《さいな》んでいるものだと、誰もが感じ取っていたからかもしれない。

吟味が終われば紅蘭はまた、牢に放り込まれる。志士を手引きした廉《かど》で捕らえられた近衛《このえ》家老女・村岡局《むらおかのつぼね》と同房であった。

「この獄の者《もん》は鶤鶏籠《とうまるかご》に入れられて、見世物同然で東へ送られるゆう噂え。江戸へなぞ行けば、どないな目に遭うか。二度と京の地は踏めんわ」

村岡局はそう言って、ぐずぐずと涙を流した。

「江戸には、長《なご》う住んでおりました」

紅蘭が朗らかに返す。

「楽しい日々じゃった。もう一度あそこに戻るのもよいかもしれませぬ」

そう言って笑った紅蘭の顔を、村岡局は幽霊でも見るような面持ちで眺めていた。

長い旅の末、星巌と紅蘭が江戸に居を構えたのは、彼女が、すぐに三十歳になろうという天保《てんぽう》三年のことである。

その頃にはすでに星巌の詩名は広く聞こえており、「玉池吟社」と名付けた神田お玉ヶ池の家は多くの門人で賑《にぎ》わっていた。仕事の手が離せぬ星巌に代わり、紅蘭も教える側に立つことがおのずと増える。彼女の教え方は丁寧でわかりやすい上、女が漢詩を作るという物珍しさも手伝って、星巌ではなく直接紅蘭に指南を請いに来る者も少なくなかった。

定まった住処《すみか》と、暮らしてゆくに困らぬ蓄えと、好きな詩だけに打ち込める刻が、江戸の暮らしにはあった。それに彼女はもはや、逐一詩法を訊いて夫を煩わせることも、険しい道に後れをとって足手まといになることもないのだった。夫の背を追うのではなく、肩を並べて歩けるようになった。ようやく広い場所へと漕ぎ出せたのだ。これで、詩人・梁川星巌は枷《かせ》を外して、今まで以上に解き放たれる。これからずっと、ふたりで手を取り合って海原を自在に泳いでいくことができる。

江戸で十年を過ごした頃、紅蘭ははじめての詩集『紅蘭小集』を刊行した。いずれ自分の詩も一冊に編みたい、と彼女は強く願っていたから、声が掛かると一も二もなく承諾したのだ。夫も、できあがった詩集を見て、我がことのように喜んだ。

「これで、そなたにはそなたの、場所ができたのだな」

自信をつけた紅蘭は、いっそう熱心に自作への意見を夫に求め、また、彼の詩も進んで批評した。互角に詩を論じ合うことが無性に楽しかった。四六時中、夫の傍らにいて、語りかけていた。

当時、清国《しんこく》で起こった阿片《あへん》戦争が英国の圧倒的勝利に終わり、欧米諸国の秀でた武器の存在は、日本にも暗い影を落としはじめていた。いずれ我らも同じ目に遭うのではないか。そんな憶測が識者の間で交わされ、その噂を裏付けるように異国船が琉球《りゆうきゆう》に来航し、交易を要求するということが起こった。紅蘭はすぐさま、その不穏な時世を詩に詠んだ。今までの彼女の作にはない題材であり、それはきっと夫の関心を引くはずだった。

聞説海西揚戦塵
皇朝誰是爪牙臣
慨然有涙君休笑
英吉夷酋亦婦人

《聞くところによれば清国で戦になったとか。この国では爪牙《そうが》となって戦うのは誰であろう。憤り、嘆きつつ涙を流すことを笑わないでほしい。英国の王もまた、婦人だという》

ところが夫は詩を一瞥《いちべつ》するなり、「我が国もおなごが治めたほうがうまくいく、そういう思想か」と、ひどく皮肉な口振りで吐き捨てたのだ。

「いえ、思想などでは。ただ世を憂《うれ》えた詩にございます」

夫は煙草盆《たばこぼん》を引き寄せ、火鉢の熾火《おきび》で煙管《キセル》に火をつけ、旨《うま》そうに煙を吸い込んだ。紅蘭は息を詰めて夫の横顔を見守った。伸ばし放題の髭には、ずいぶん白髪が目立つようになっていた。

「そなたの道筋は少し整いすぎておる。それが詩に出てしもうておる」

長い沈黙の末に、煙と一緒に言葉が吐き出された。その声は、妙にひんやりとした手触りを持っていた。

「道筋？」

「そうじゃ。善い詩を作ろう、世に問うものを書こうと一歩一歩踏み固めて、山を登っていくような道筋じゃ。少しもさまようことをしておらん。ゆえに、詩の中に常にそなたが顔を出す」

そんなはずはございません。そう、即座に返したかったのに、なぜかそのひと言は彼女の喉に貼り付いて、表に出ていこうとはしなかった。

「そなたの詩を見ていると、時に、息苦しゅうなる」

夫が江戸を離れると決めたのは、このすぐあとのことだった。理由はわからない。彼はただ、「江戸には飽いた」とそう言った。

星巌の詩がかつての放胆さを失い、よそよそしく神経質に変わっていったのもこの頃からではなかったかと紅蘭は記憶している。それまで果てない広がりを見せていた彼の世界はこぢんまりと身を縮め、感情ではなく理屈によって堅苦しく編まれていったのだ。なにより紅蘭を戸惑わせたのは、彼が詩の中に「僻字《へきじ》」という特異な漢字を多く用いるようになったことで、それは、誰にも近寄らせまい、己の胸の内を覗《のぞ》かれまいとする夫の、強い意志の表れのように彼女には思えてならなかった。

江戸から京に移った夫が、なぜ突然、攘夷運動に打ち込んだのか――。時勢がそうさせたのだろうか。いや、彼はそんな人物ではない。世の動きなどに関わりなく、その都度心惹かれる場所をさまよっていける男だった。そういう夫に憧れ、彼女はその世界の住人になったのだ。梁川星巌という人物を、一滴もこぼさず自分の中に取り込みたいと願って生きてきたのだ。

紅蘭は獄の中でも白洲《しらす》に引き出されても、ひたすら夫の影を追い求めた。薄い筵《むしろ》を突き破って地面の冷気が臑《すね》に刺さり、縄で縛られた手首は擦り切れて血が滲《にじ》んだ。捕縛ののち一度も湯に浸《つ》かっていない体からは絶えず醜悪な臭いが立ち上っていたが、それに構うゆとりさえなかった。追えば追うほど、夫は、どんどん見えなくなっていく。

小笠原長常は、同じ詮議を繰り返す。

「梁川星巌は、なにを企《たくら》んでいたのか。なにをしようとしていたのか」

――夫は、なにを考え、なにを思っていたのだろう。

彼は、なにも語らなかった。攘夷に身を投じた理由《わけ》を。

いや、そのことだけではない――夫は私になにを語ってきたのだろう。

あれほど話をした江戸の頃も、彼はいつもどこかうわの空だった。そうして次第に私の詩を読むことさえ疎《うと》むようになっていった。

紅蘭は、西国への旅で追い続けた星巌の背中を、もう一度見詰めようと目を見開く。

あの頃の彼は、気が揉めるほど奔放に生きていた。一切無になって、目の前の風景に溶け込んでいた――そうだった、夫はいつでも解き放たれようとしていた。すべてのものから。だから必死に追ったのだ。もっと深い場所に潜るため、一緒の景色を見るために。

けれどそのたび、夫は私を置き去りにした。詩人たちと語らい、行楽に出掛け、何日も色街に入り浸る間、いつもひとり宿に残されて私は夫の着物を繕っていた。

そうして、最期のときまでも――。

紅蘭はきつく目を瞑《つぶ》る。額からこめかみを伝って汗が流れ、膝が勝手に震えはじめる。

最初から、私たちの別天地などなかったのではないか。そこは常に、彼ひとりの場所だったのではないのか。夫はずっと逃げていたのではないか。自分の足取りを乱すものから。自分を繋ぎ止めようとするものから。

「張紅蘭。そなたの夫のことを訊いておる」

小笠原の声が、一際大きく響いた。

夫の横顔が浮かぶ。見慣れたはずの面差しは、ひどく冷たく、なにも語らなかった。

共に詩の道に進まなければ、気付かずにいられた。私たちはただの夫婦でいられた。夫の奥底をあばかずにいられた。彼がひっそり愛おしんできた場所に踏み込まず、外からそっと支えることができた。

紅蘭は震えを抑えようと膝に手を置く。傍らに控えていた役人のひとりが異変に気付き、腰を浮かした。

──じゃが、私に詩を与えたのは、おまえさまではござりませぬか。

「知らぬでは済まされぬぞ。おぬしは共に暮らした夫のことを、なにも知らぬと申すつもりかっ」

──三十八年、添うた。どこで、見失った？

四肢の感覚が遠のき、景色が揺れ出した。役人たちが身を乗り出した。彼女は、目の前が薄暗く転じていくのを訝しんで幾度もまばたきをする。

「私が、繋ぐのじゃ」

小さなつぶやきがこの年老いた女から漏れると同時に、幽鬼のごとき笑みが立ち上った。役人たちが一斉に身を引く。小笠原も言葉を仕舞い、音を立てて唾を飲んだ。

「鳩が……」

紅蘭がうめく。

「屋敷の庭に毎日来る鳩がございます。それに餌をやらねば……」

「なんの話をしておる」

「絶やしてはならぬ。誰かが命を繋がねば」

汗が筵にしたたり落ちる。紅蘭は、自分の声が遥か遠くに聞こえることを不思議に思う。視界の中で天と地がぐるりと回り、体が宙に浮いた。

「気を失《うしの》うたっ！　早《はよ》う、誰か早う水を持て！」

男たちの叫び声を、紅蘭は薄れていく意識の中でかすかに聞いた。

Ⅳ

紅蘭が牢を出ることを許されたのは、捕縛から実に半年後のことだった。

御白洲で気を失ってからというもの、吟味中も牢の中でも鳩のことしか口にしなくなった彼女に奉行所も手を焼き、江戸送りにすることなく半ば追い出す形で放免したのだった。

ひと気のない東三本木の屋敷に戻った紅蘭は、真っ先に厨の床板を外し、そこに星巌の詩一式が収められているのを見つけて、その場にへたり込んだ。

詩の束の傍らに、見慣れぬ木箱が置いてある。開けてみると、小さな紙片に貼った押し花がいくつも現れた。山茶花《さざんか》、椿、梅、水仙。紅蘭が留守にした間、折々に庭を彩っていたはずの花々だった。

「そうか。お栄は通うてきていたのか」

紅蘭はひとりごち、押し花のひとつひとつをそっと撫でた。

庭には、土器《かわらけ》が点々と置いてある。近寄って見ると、どの鉢にも粟粒が貼りついていた。紅蘭は鉢の傍らにしゃがみ、小さく笑みを漏らした。

安政の大獄は、多くの志士たちの命を奪った。吉田松陰、橋本左内《はしもとさない》、梅田雲浜。京師《けいし》に潜んでいた頼三樹三郎もまた十一月の終わりに捕らえられ、江戸送致の上、死罪となった。まだ三十五歳という若さだった。

この大獄の翌年、井伊直弼は登城の途中、水戸浪士らの襲撃に遭い、命を落とす。お城近くで大老が斬られるという前代未聞の一件により、世はいっそう不穏な道へと分け入っていく。

紅蘭はその後、東三本木の屋敷を出て、川端丸太町の鴨沂小隠にひとり移り住んだ。

ここで星巌が残した詩の編纂《へんさん》に没頭し、三年後『星巌遺稿』を上梓《じょうし》した。彼女は齢六十になっていた。

紅蘭はその活計《たつき》を、詩文を教えることで立てた。それなりに門人は集まったが、あたかも星巌の声を今なお間近に聞きながら語っているのだ、といわんばかりの彼女の講義は、門人たちを気味悪がらせ、入門したところで早々に塾を辞す者が続いた。

「いくら妻女ゆうたかて、あそこまで先生を代弁しとるような顔されては興ざめや。あれでは先生の威を借る狐《きつね》や」

「江戸におった頃からなにかと出しゃばる内儀やったらしい。『私が教えてやろう。先生のお考えはすべてわかっておる』ゆうてな」

「見苦しいこっちゃ。妻が夫と張り合《お》うてどないするんや」

巷《ちまた》の声が、紅蘭の耳に届いていたかどうか。

彼女はただ細やかに詩を教え、星巌の功績を飽かずに語り継いだ。星巌に関する問いになら、どんな些細なことでも言葉を尽くして答え続けた。

鴨沂小隠の庭から土手を下り、彼女はよく鴨川縁《べり》を歩いた。何刻も川の流れを見続け、遥か川下を向いては眩《まぶ》しそうに目を細めた。

時折、流れに小石を積み上げて、堰らしきものを作っていることもあった。

「魚でも獲《と》るんか？　婆《ばば》よ」

近くで遊んでいた子供らが物珍しげに覗き込んでも、紅蘭は皺だらけの口元を綻《ほころ》ばせるだけで、なにも答えなかった。

積み上げた石は、確かに川の流れを堰《せ》き止めているように見えた。けれどそれも束の間のことで、少しの風でも吹けば堰はあっけなく崩れ、川はまた、流れていってしまうのだった。

薄《うす》ら陽《び》

I

ふたり、いる。先斗町《ぽんとちょう》の飯屋を出たところからだ。確かについてくる。

ひとりは草履《ぞうり》履《ば》き、ひとりは下駄。下駄履きは堂に入ったすり足で、そこそこの使い手だとわかる。

「木の芽時の京はええのう」

隣を歩く久坂玄瑞《くさかげんずい》が言った。吉田稔麿《よしだとしまろ》はそれに頷《うなず》きつつ、さりげなく後ろの男らを視界に取り込んだ。十間近く隔たっている。ひとりは縞《しま》の着流し、もうひとりは二本差しで羽織から袴《はかま》まで黒ずくめだ。

――壬生《みぶ》の烏《からす》か。

粗末な黒木綿は、会津《あいづ》藩お預かり新選組《しんせんぐみ》隊士がよく用いる。

「ええのは今だけです。すぐにえろう蒸す夏が来よりますけぇ」

尾行の大胆さから察するに、待ち伏せていたわけではない。巡邏《じゅんら》の途中、偶然見咎《みとが》めて怪しいと踏み、念のためつけている。おそらく長州者とまでは判じておらぬだろう。

稔麿は、なにが奴《やつ》らの目を引いたのかと思量し、久坂に目を流した。六尺近い偉丈夫、端整な顔立ちだが、右目がわずかにすがめである。幕吏の間に出回っている人相書きにも、彼のこの特徴はしっかり刻印されていた。

「ほうじゃのう。故郷《くに》は海からの風がよう吹き抜けるけぇのう。京の湿気た夏は、わしらの体にゃあ合わん」

萩《はぎ》の話をする段、久坂は一段声を落とした。今の京で長州人と知れれば、すなわち危うきを見る。

状況が変じたのは昨年、文久三年の八月十八日だった。それまで長州は、勤王運動の急先鋒《きゆうせんぽう》として京を席巻《せつけん》していた。少壮公卿《くぎよう》と結び、朝廷政治に深く介入できたのは、久坂の働きによるところが大きい。ことに賀茂《かも》、石清水《いわしみず》と攘夷《じようい》祈願の行幸をうまく運んだことは、世間を驚かせた。なにしろ、天皇が御所から出るなぞ二百年以上なかったことなのだ。しかも賀茂行幸の行列には将軍・徳川家茂《とくがわいえもち》も加わっていた。朝幕揃《そろ》って公に攘夷祈願をすることで、久坂は幕府が異国と約している開港開市を阻《はば》むべく布石を打ったわけである。

三度目となる大和《やまと》行幸を企てたのもその流れではあったが、これには、大和まで鳳輦《ほうれん》を進め、そのまま天皇を擁して御親征の兵を挙げるという大胆な策謀が隠されていた。攘夷派が、一気に天下をとる好機が巡ってきたのである。

ところがこの計画が事前に会津、薩摩《さつま》に漏れ、そこから公武合体派公卿・中川宮朝彦親王《なかがわのみやあさひこしんのう》に伝わった。驚いた中川宮は、すぐさま孝明《こうめい》天皇に奏上。天皇のご意思は攘夷にあって倒幕にはないとし、行幸は延期、当日朝、御所九門は会津、薩摩らの藩兵によって固められた。

長州勢はこれを機に天朝から退けられ、ともに謀った三条実美《さんじょうさねとみ》以下七名の公家《くげ》も御所を追われて長州へと落ちていった。以来、藩邸詰の役人の他はたやすく京に入ることもかなわなくなったのである。

国許《くにもと》では、藩主世子《せいし》・毛利定広《もうりさだひろ》が京に赴き、藩の威信を懸けて公卿方に謁見し、誤解を解くべきだとする進発論が高まっている。中でも、遊撃隊《ゆうげきたい》率いる来島又兵衛《きじままたべえ》は、兵を挙げて薩摩、会津を駆逐せんと逸《はや》っていた。

進発は時期尚早。

それが、政務座役にある久坂の判じである。藩主・毛利慶親《よしちか》も同様に、戦《いくさ》になりかねぬ現状を案じ、進発に否やを唱えた。しかし暴発寸前の来島らはなかなか収まらぬ。やむなく慶親は、来島を大坂の久坂に託し、進発など到底かなわぬ現状を見せて激論を抑える手に訴えたのである。それでも来島は未《いま》だ進発論を取り下げず、一触即発の状況が続いている。

久坂は遠くに目をやり、溜息《ためいき》をついた。

「もうしばらく若葉の京を愛《め》でたいが、明日にゃあ大坂に戻って来島様のお守《も》りじゃ」

「久坂さん」

稔麿はゆるりと遮《さえぎ》り、自分より五寸は上背のある久坂を見上げる。

ひとつ年長の久坂は、吉田松陰《よしだしょういん》が萩は松本村の幽室で開いた松下村塾《しょうかそんじゅく》きっての秀才であった。彼の学識や人柄を、同じく塾生だった稔麿はずっと敬慕している。亡き松陰の遺志を継げるのは、久坂だけだと信じてもいた。

「島原辺りで、少し遊んでいかんですか」

言いながら稔麿は懐手《ふところで》した。指先で、胸元に忍ばせてある証文を確かめる。久坂が眉をひそめた。対馬《つしま》藩邸に身を寄せている桂小五郎《かつらこごろう》と、この後、会う約束なのだ。だが、長らく公卿や浪士の間を渡って活動してきた男の勘は、瞬時にすべてを悟ったようだった。

「それがええ。お辰《たつ》でも呼ぼう」

「そういたしましょう」

稔麿は、ひとつ呼吸を置く。

「さて。向こうはおそらく、すでにわしらの面相を見ちょります。ここで逃げりゃあ怪しまれる。悪うすると斬り合いになる。ええ機じゃ。向こうの面《つら》も検《あらた》めさせていただく。よろしいか」

久坂は目だけで頷いた。

「久坂さんはなんも言わんでつかーさい。訛《なま》りで割れますけぇ」

稔麿は、道を河原町通《かわらまちどおり》にとった。大通りのほうが人混みにまぎれる、追っ手も無体はしなかろうと踏んだのだ。懐で組んでいた腕を再び袖に通したとき、その指には小さな剃刀《かみそり》が挟まれている。近江屋《おうみや》の前を過ぎたところで稔麿は突然、蹴躓《けつまず》くようにしゃがみ込んだ。同時に、袴で隠した左下駄の鼻緒を剃刀で断ち切った。間近で見ていた久坂が驚嘆の声をあげかけたほど、鮮やかな手つきだった。

「すみません。朝から危なかったのですが」

しゃがんだまま半身を開いて下駄を持ち上げ、稔麿は軽やかに言った。長州訛りは仕舞われ、滑らかな江戸言葉に転じている。道の端に移り、鼻緒を撚《よ》る。

近づいてくる。二本差しは、背丈五尺六、七寸。色白で鼻筋の通った顔立ちだが、切れ長の目は鋭い。後ろで束ねただけの総髪が、右に左に悠然と揺れていた。稔麿は、会津の動向を探らせるために昨年新選組に送り込んだ間者が伝えた隊士の特徴と、頭の中で素早く照らし合わせる。

——おそらく、土方歳三《ひじかたとしぞう》。

奥歯を噛《か》んで、武者震いを抑える。

——もうひとりは何者か。

町人髷《ちょうにんまげ》、縞の着流し、風呂敷包みを背負った御店者《おたなもの》然とした男である。奴がまことに町人であれば、単に他用の途次であり、巡邏ではないかもしれぬ。このまま行き過ぎてくれればいいが――。

念じた矢先、足音が止まった。先に声を掛けてきたのは、意外にも町人髷だ。

「難儀やなぁ。そうぷっつりいっては撚ってもあきまへんわ」

上方《かみがた》訛り。目の動きから物腰まで、いかにも帳場で算盤《そろばん》を弾《はじ》くために生まれてきたといったふうである。ただし鬢《びん》には面擦れがある。

――こやつも隊士か。

町人髷は、腰に差した手拭いを裂いて「どうぞ。使《つこ》てくだはれ」と差し出した。稔麿が会釈して布きれを受け取ると、ぬるりと笑い、

「京の方やおまへんな」

と無遠慮に覗《のぞ》き込んだ。

「ええ、江戸から」

「へえ。えらい遠くからや。京見物でっか？」

稔麿は素早く片足で立ち上がり、

「ここじゃ町歩きしてるだけで検められるんですかえ」

あえて伝法に返しつつ、よろけたふうを装って久坂の前に立った。土方が、埋蔵金で

も見つけたといった顔つきで、久坂のすがめを睨《にら》んでいたからだ。

「すんまへん、つい癖が出てもうた。ここんとこ物騒やさかい、うちとこの店でも一見《いちげん》さんにはお名を伺うようにしてましてな」

肩をすくめた町人髷を、稔麿はしかしそれ以上追及しない。下手に探りを入れて新選組だと証《あか》されれば、表立っての訊問《じんもん》を許すことになる。

「私どもが不逞《ふてい》にでも見えましたか。そいつぁ心外だ。大樹公をお護《まも》りするため京まで上ってきたんですがね」

十四代将軍・徳川家茂は、薩摩、土佐、会津といった雄藩の藩主と長州処分問題の他、国事を論じるため、この一月に再上洛している。俗にいう参預会議である。

稔麿は、先程確かめた懐の証文をおもむろに取り出し、しつこく疑いの目を向ける町人髷に翳《かざ》して見せた。

「あ、これは」

書面には、旗本・妻木田宮の家臣、松村小介と身分がしたためてある。「松村」は稔麿の偽名だ。

「知らんこととはいえご無礼を」

町人髷はつるりと顔を撫《な》でた。土方は証文を一瞥《いちべつ》し、今一度久坂を睨んだ。だがまことに幕臣であった場合、非礼を働けば会津にも累が及ぶと考えたのだろう、無言のまま一礼し、後ろも見ずに立ち去った。町人髷が小走りでそれに従う。

ふたりの姿がすっかり見えなくなってから、「おのし、よう証文を持っちょったのう」と久坂が囁《ささや》いた。額にはまだ、脂汗が貼り付いている。

「万一のときに、と妻木様が」

稔麿は、町人髷から渡された布きれを捨て、自分の手拭いを裂く。手早く鼻緒をすげ替えていると、頭の上から久坂の声が降ってきた。

「ほいだけ妻木様がおのしに信を置いちょるちゅうことじゃ。まことに栄太《えいた》には驚かされる。わしはおのしに救われてばかりじゃな」

稔麿は、小さく笑う。

「もう栄太郎《えいたろう》ではございません。昨年、士雇《さむらいやとい》になった折、名を改めました。稔麿と」

「ほうじゃった。稔麿じゃ」

見上げると久坂の笑顔があった。青空に似ている。いつか自分もこんな顔で笑えるだろうか、と稔麿はうっすら願う。

幕臣のもとに潜り込め、と命を受けたのは四年前、稔麿が二十歳《はたち》になった夏である。兵庫御備場御番手として兵庫湾警備につくことが決まった矢先、藩吏に呼ばれ、一隊から姿をくらまして江戸に出るよう申しつけられたのだ。

「江戸に、柴田東五郎《しばたとうごろう》ちゅう用人がおってじゃ。そこへしばらく厄介になり、幕臣と渡りをつけよ」

間諜《かんちょう》を命ぜられているのだ。そう気付いたときにはすでに、稔麿の頭の中には藩の意図するところが隅々まで描かれていた。長州は当時、公武周旋を藩是とし、諸藩に先んじて朝幕ともに深く食い込むことに腐心していた。つまり今回の藩命は幕臣の動向を探り、その中で協力者を得ることが目的であり、

――おおかた、桂さんのお考えじゃろう。

彼の思考はまたたく間にそこまで行き着いている。柴田は旗本の用人だが、水戸、薩摩、長州藩士と馴染《なじ》みが深い。特に江戸詰の長い桂小五郎とは昵懇《じっこん》だ。しかしなぜ自分に下知があったのか、そこだけは心当たりがなかった。桂の推挽《すいばん》とは考えにくい。互いをよく知る間柄ではないからだ。ふと疑念が湧いた。

――藩政府が捨て駒にしても惜しゅうない者《もん》を選んだだけか。

「承知仕りました」

けれど稔麿はなにも訊《き》かず、平伏した。足軽という低い身分の者が、己の希望を語れる場はどこにもないのだ。

ただ、味方をも欺《あざむ》くために表向き藩を抜けるという手立てをとらざるを得なかったことは身にこたえた。脱藩は大罪である。息子の出世を願ってやまぬ国許の父母はどれほ

ど肩身が狭かろうと思えば、胃の腑《ふ》を焼かれるようだった。

柴田の口利きで、目付の職にある妻木田宮の家臣となったのは、江戸に入った半年近く後である。出自を偽っての仕官であったが、妻木は稔麿の仕事ぶりを珍重し、小姓から用人へと短い期間に異例の昇進をさせている。さらに幕臣になれと勧める妻木に、稔麿は奉公に上がった真意を打ち明け、長州と幕府の橋渡し役になっていただけぬかと請うた。一か八《ばち》か、身を挺《てい》しての直訴であったが、この人の好《よ》い幕臣が首を縦に振るまでに四半刻《しはんとき》も要さなかった。

二年に及ぶ潜伏で大きな成果を上げ、ようやっと京藩邸に戻った稔麿に対し、藩政府はすぐに脱藩の罪を許すことこそすれ、それ以上の厚遇はしていない。幕府への足がかりを作った彼の手柄も一部の藩吏を除いて秘されたため、内実を知らぬ藩士の中には稔麿の不忠をなじる者も少なくなかった。

が、それも一時のことだった。もともと無口で、曇天の下の影のように気配の薄い男である。周りの関心は時を待たずに稔麿から去った。

Ⅱ

大坂に下った久坂と同様、この年は稔麿も京の若葉を堪能《たんのう》する暇を持てなかった。

慌ただしく国許と京を往き来し、五月には朝廷への信頼回復を願う藩政府からの嘆願書を託されて、再び京に上っている。京留守居役という要職についたばかりの桂に藩庁の意向を伝えると、嘆願書はこちらで預かろうとすかさず彼は言い、稔麿の機嫌をとるように声を和らげて付け足した。

「本来であれば書状を運んできた君が公卿方に説くのが筋かもしれぬが、ここは天朝に通じた者が行ったほうが話が早かろうからな」

世の中には表と裏がある。日なたと影がある。人もまた、同じだ。そんなことくらい稔麿は、幼い頃から知っている。裕福な藩医の家に育ち、士卒の養子となった桂には言い訳をこねなければ居心地が悪い理不尽も、食うや食わずの暮らしを強《し》いられてきた稔麿には別段気に病むほどのこともない。むしろ、無意味な慰めを向けられることのほうが疎《うと》ましかった。日なたの者はこうして気まぐれに影の者を憐《あわ》れむことこそすれ、決してその場所を替わろうとはしないからだ。

「それより、君に加わってほしい会合がある。宮部《みやべ》さんが京に入ったのは知っているな?」

稔麿は頷く。宮部鼎蔵《ていぞう》は肥後《ひご》の産で齢《よわい》四十五。山鹿流《やまがりゅう》兵学を学び、松陰とも親交の深かった勤王家である。七卿落ちに随行して京を離れていたが、四月半ばに舞い戻った。

「会いたいと言ってきている。若殿様の上京を促すつもりだろう。国許でも進発論は抑えているのだ。宮部さんにもそのこと説かねばならぬ。わかるな」

「しかし、私では……」

「無論、私もあとから行く。先に入ってくれ。七ツ半、小川亭《おがわてい》だ」

三条縄手通《さんじょうなわてどおり》の料亭である。稔麿は使ったことはないが、噂《うわさ》だけは聞いていた。もとは肥後藩御用達《ごようたし》の肴《さかな》屋だったが二代目主人が若死にし、女所帯では肴屋を続ける許しが得られずに民相手の料亭に商い替えをしたという。肥後とは馴染みが深いため、宮部のような脱藩者が出入りし、挙げ句勤王家の巣となった。

先代の妻で、女将《おかみ》のリセは六十に近い老女だが、尊王攘夷の志を持ち、体を張って志士を護ると聞いたことがある。商いのためか、まことに思想があるのか。「女だてらに見事なものよ。あと二十若ければ同志に欲しい」と志士たちはなにかにつけてリセを賞揚する。とはいえ昨今では病《やまい》がちで居室に籠《こ》もりきりであり、実質店を切り盛りしているのはてい、という二代目の若後家だというが、この女の噂は男たちの口に上ったことがない。用心のためほとんど使用人を置かず、台所から接客までひとりでこなしていると漏れ聞く程度だ。

二条の藩邸を出て、稔麿は鴨川縁《かもがわべり》を三条まで辿《たど》った。陽《ひ》は西にあって、空も川も紅を流し込んだように熟れている。

ふと足を止めて川を覗いた。水面《みなも》に、小柄で痩せた男が映し出された。稔麿は、久々に己の顔を眺める。右目だけ二重だ。そのせいか、見る角度によって面貌が変ずる。ひどく安定を欠いた面だった。だがこの揺らぎも、間諜という身には有利に働く。出会った者に鮮やかな心覚えを残すことはまずないからだ。

それでかもしれない。小川亭の玄関口で、同じく薄墨で描いたような顔と向き合ったとき、稔麿は懐かしいような哀《かな》しいような思いに囚《とら》われたのだ。二階から足音も立てず下りてきた女だった。一重瞼《ひとえまぶた》も薄い唇も、一度目を逸《そ》らせば二度と思い出せそうにないほど淡い。色の白さでさえ、他の女のように美しさを引き立てる道具とはならず、すべてをいっそうぼんやり見せる向きに働いていた。歳《とし》は三十前後か。これが若女将のていであろう。

女は稔麿を見つけると足を止め、首を傾《かし》げた。

「なんぞご用？　ここは大人の来るところえ」

ふざけているのだろうかと怪しんだが、女は至って真面目な様子である。顔が火照《ほて》った。貧相な体つきに加え、童顔であるため、歳より若く見られることには慣れている。しかし二十四にもなって、元服前と思われたではたまらない。

「長州、吉田稔麿。宮部様とお約束じゃ」

不機嫌に告げると、女は息を呑《の》んだ。

「あがるけの」

荒々しく下駄を脱いだまではよかったが、廊下を少し行ったところで「座敷はどこじゃ」と、まだ同じ場所に立ちすくんでいる女に訊く羽目になった。いささか動顚《どうてん》していたのだろう。

通されたのは二階、鴨川側の六畳である。襖《ふすま》を開けると、すでに六人の男たちが座敷にあった。中央に座した宮部鼎蔵と真っ先に目が合う。お久しゅうございます、と稔麿が声にする間もなく、宮部は顔を険しくし、傍らの大刀を引き寄せた。稔麿が急ぎ自らを名乗ってようやく肩の力を抜き、「吉田であったか。久しいのう」と溜息とともに吐き出した。

味方の怪訝《けげん》な顔に突き当たったとき、とっさに名乗るのはすでに身に染みついた慣習である。勤王有志は入れ替わりが激しい。こと稔麿の顔など、少し会わなければ記憶の彼方《かなた》に消えてしまう。

座敷には他に、土佐脱藩の北添佶磨《きたぞえきつま》、望月亀弥太《もちづきかめやた》、林田脱藩・大高忠兵衛《おおたかちゆうべえ》。長州からは有吉熊次郎《ありよしくまじろう》、杉山松介《すぎやままつすけ》という村塾出身者が加わっている。

「ちょうど有吉を責めておったところよ。貴藩の遅々とした動きに、わしら痺《しび》れを切らしとる」

互いの近況すら語らぬうちに不平を鳴らす宮部に、稔麿は曖昧な笑みで応えて膳についた。徳利片手に寄ってきた男衆へ、ぞんざいに盃《さかずき》を差し出す。と、宮部が男衆を顎でしゃくって言った。

「おぬしにも紹介しておく。忠蔵《ちゆうぞう》ゆうてわしの下僕じゃ。身の回りの使いごとを頼んでおる」

稔麿は恐縮してかしこまった。てっきり、店の手伝いの者だと思い込んでいたのである。

「ここもおリセが臥《ふ》して若女将しかおらんゆえ、忠蔵に手助けしてもらわんとようせん。使いにくい店になった」

宮部はぼやいてから、身を乗り出した。

「それより吉田の。世子公はいつ京に上られる。参預会議も決裂した。薩摩島津《しまづ》も土佐山内《やまうち》も京を去った。朝幕の歩み寄りも立ち消えた。今こそ長州が汚名を雪《すす》ぐ好機ではないか」

「しばし静観ちゅうんが藩是ですけぇ」

横から有吉が半ば惰性でなだめにかかった。

「その『しばし』がいつまで続くんじゃと訊いとる。わしはいざとなれば戦も辞さぬ構えよ。武器の支度もあるのじゃ」

「ほう。武器を？」

　ようやく稔麿は口を開く。

「この守防の厳しい京で、どこに隠しちょられます」

　あえてくつろいだふうに訊きながら周りの反応を窺《うかが》った。座に、感情の波立ちはない。つまりここにいる連中は、すでに武器の存在を知っており、戦に賛同しているということだ。

「わしが寄宿しとる四条《しじょう》の桝屋《ますや》ゆう炭屋よ」

――安易に打ち明けすぎじゃ。

　稔麿は宮部の甘さを案じつつ、素早く四条の道筋を思い浮かべる。薪炭商を探して路地一本一本を頭の中でくまなく辿っていくと、西木屋町《にしきやまち》の高瀬川《たかせがわ》近くにひとつ、それらしき店が見つかった。確か間口は二間ほど。以前歩いたときには怪しいところは見当たらなかったが。

　そのとき廊下から、「お料理お持ち致しました」と声が掛かった。一拍おいて襖が開き、ていが、ついた膝を軸にして体を反転させ、盆を運び込む。滑らかな動きでほとんど音が立たない。男らの後ろに回り込み、会釈をしてからひと皿、膳に置いた。と、置かれた北添が「やっ」と身を反らしたのだ。

「驚かすなや。いきなりなんぜ」

　男らの目がはじめて女に注がれる。誰も、ていが入室したことに気付かなかったらし

い。宮部などは憤然として、

「わしらは密議をしておるのじゃ。座敷に入るときくらい断りを入れろっ」

と怒鳴りつけた。ていは身を硬くしながらも束の間、釈然としない顔になったが、抗弁はせずに「えろうすんまへん」と頭《こうべ》を垂れた。むず痒《がゆ》い響き方をする声だ。言葉が内に籠もって、その輪郭をかき消してしまう。

「まったくのう、おリセは行き届いておったに、おぬしはいつまで経っても気が利かん」

リセの名が出るや、他の志士たちは代わる代わる女将の逸話を披露した。嫌な顔ひとつせず金を用立ててくれた、袴を繕ってくれた、自分たちの志を解してくれる——脱藩して生家にも帰れず、常に生き死にの際を渡っている志士たちにとって、リセは母親代わりでもあったのだろう。彼らにていを貶《おとし》めるつもりもなかったろうが、元気な頃の女将を懐かしむひと言ひと言に律儀に頷きながら、ていは次第にうつむき萎《しお》れていった。

一方で、酒の入った一座はもはや、座敷の隅で小さくなっている女のことなど忘れているらしい。ひとしきりリセの話題で盛り上がったのち再び進発の件に話が戻ると、ていはそそくさと料理を配り、音も立てずに姿を消した。

「どうじゃ、吉田の。あとは長州が立つだけよ。五十に近い来島様が腰を上げておるのじゃ。おぬしら若い者が尻込みしてどうする」

「藩是は、私ごとき微臣にゃあ判じ得ませんけぇ」

「軽はずみには言えぬ、か」

「いや、まことに藩意を存じませぬ」

「ならばなぜ、桂は来ん」

宮部は声を荒らげた。

「追っ付け参りましょう。今宵《こよい》は先約があると聞いちょります」

おそらく、桂は来ない。過激な仁と論を戦わすことを、なにより厭《いと》う男だ。稔麿や有吉がこの会合に送られたのは、いわば長州の人身御供《ひとみごくう》としてなのだ。

「ほれより酒がのうなっちょります」

稔麿は空の徳利を振ってみせ、階下に呼ばうふりをして廊下に逃げた。すぐに侃々《かんかん》諤々《がくがく》と騒がしい議論が、襖越しに聞こえてくる。

渡り廊下に佇《たたず》んで大きく息を吐き、月明かりの溜《た》まった裏庭に目を落とした。ここは庭の真ん中に井戸があるのか。珍しく眺めるうち、井戸の傍らに人影が動くのを見つけた。ていだった。桶《おけ》に積まれた大量の瀬戸物を、流れるような動きで洗っている。

――なるほど。これならばひとりで客もさばけよう。

女が立ち上がって井戸に釣瓶《つるべ》を落とした。引き上げた水を平石の上の手桶に移す。ここでも控えめな音しか立たない。よく見ると、手桶の木肌に水を滑らせ、回し入れている。それで飛沫《しぶき》も散らず、音も濁らぬのか。身が雪《そそ》がれるような響きだった。稔麿は目を瞑《つぶ》り、わずかの間、清らかな水音にそっと耳を添わせた。

桝屋に向かったのは、翌日の明け六ツである。藩命ではなく、稔麿の一存だった。藩に報告を上げる前に、どのように武器が蓄えられているか、自らの目で確かめておきたかったのだ。

まず裏木戸の位置を検める。おそらく武器はここから運び込んでいる。表通りからうまく隠れた場所にあったが、隣家の虫籠窓《むしこまど》が迫っていた。そのまま高瀬川に沿って正面に回る。

男がひとり、店先を掃いている。稔麿は気配を消して背後に立ち、

「古高《ふるたか》さん」

耳元に囁いた。竹刀で打たれたように男の体が跳ねた。

店を仕切る桝屋喜右衛門《きえもん》のことは、昨夜のうちに酔った宮部から聞き出している。本名を古高俊太郎《しゅんたろう》といい、もとは近習《きんじゅ》だったが、薪炭商を装って勤王運動に身を投じているということだった。

「そう動じては、たやすく看破されるぞ」

稔麿は低く言い、古高の横をすり抜けて店に入った。薪や炭が積まれた土間が間口一

杯にとられ、暖簾《のれん》の奥には座敷も見える。どこにでもある町家の設《しつら》えだ。裏木戸から繋《つな》がる隠し部屋があるはずだが、一見する限り、その在処《ありか》は稔麿でさえ容易に摑《つか》めなかった。一渡り眺め、もう一度、床から壁面まで丹念に目でなぞる。

一箇所、小上がり横の壁の色がわずかに変わっているのを見つける。その前に木箱がいくつも積んであるのは少々念を入れすぎだろう。稔麿はおもむろに壁の一点を指し示した。

「中を見たい」

古高は無論、応じない。稔麿はまだ、名乗ることすらしていないのだ。

二階から宮部の下僕・忠蔵が下りてきたのはそのときで、彼は稔麿を見つけると「昨晩は」と人懐こい笑みを浮かべた。

「抜き打ちですか。どなたかの御指図で？」

「単にわしの興味よ」

「宮部様は他行しておるのですが……」

忠蔵は逡巡《しゅんじゅん》していたが、ややあって「お味方じゃ」と古高に告げ、中に通すようはからった。

隠し部屋は外から見立てたより遥《はる》かに広く、槍《やり》、木砲、具足、弾薬までが隙間なく詰め込まれている。量に嘆じるよりも、これだけ仕入れる過程で足がつかなかったのかと稔麿は案じた。

「これは、どこから仕入れた」

足下にあった手投げ式の弾薬を手にとって訊いた。

「職人に作らせております。昵意にしている花火の業師に」

「信の置ける者か？　漏れぬか、ここが？」

「金をはずんどります。それに職人たちも同罪や。密告《さ》せば自らの首を絞めることになる。ご心配には及びません」

慇懃《いんぎん》ではあったが、古高の口振りにははっきり険が混じっていた。命を賭《と》して集めた武器を、いきなり現れた若造に無遠慮に検分され、そのやり方を疑われているのだ。腹が立つのは当然だろう。けれど稔麿は、不快を露《あら》わにする古高に構うことなく命じた。

「今後武器の仕入れは控えていただきたい。かように建て込んだ場所では、周りに悟られる」

稔麿は弾薬を木箱に戻し、その横に積まれたおびただしい数の書簡を指した。

「ほいから、これはすぐに焼くことじゃ」

古高の顔色が変わった。

「諸国の勤王家がもたらす貴重な報にございます」

「じゃからこそ目を通し次第、破棄せぇ」

「いや。ここに出入りする有志にも見せたい。みなの励みになる」

「なにをたわけたことを言うちょる。見つかりゃあ申し開きゃあできんじゃろ」

「そやかて書簡にはわしら同志の思いが詰まっとるんや。活動のさなか、命を落とした者の名も刻まれとるんや」

稔麿は、これまで何度となく味わってきた落胆と諦念に見舞われた。他人には現実が、いつでも優しく手を広げているものと見えるらしい。追い詰められても行き詰まっても、信念を貫けばきっと道は開けるのだ、と。ぜんたいなにを見て生きてくれば、そんな世《よ》迷言《まいごと》に身を委《ゆだ》ねられるのか。袋小路に追い込まれぬよう先を見越して動く以外に、生き延びる術《すべ》はないというのに。

「とにかく焼き捨てぇ。わしらの名が刻まれる必要なぞ、どこにもないんじゃ」

Ⅲ

京特有のドロリとした夏が降り立っても、進発論は叫ばれ続けた。久坂は藩庁と談じるため、大坂から国許に帰ったと聞く。稔麿も、宮部らをなだめに小川亭へと足を運ぶ日が続いていた。男たちはいっかな動かぬ長州に業を煮やし、ますます熱く滾《たぎ》る。なだめると今度は、「京に火をつけ、天子様を奪う」なる暴論を吐く者まで出る。今や稔麿が会合に加わる目的は、宮部らが軽挙せぬよう監視することに転じつつあった。

議論が堂々巡りになると、座を有吉に任せ、稔麿は縄手通に面した四畳に移る。そうして簾《すだれ》の隙間から、注意深く通りを窺うことに費やした。

ていは稔麿が座敷を移った気配を察しては、茶や菓子を差し入れ、

「お仲間とはお話が合わへんのどすか？」

と案じ顔を向ける。まるで仲間はずれにされた子に接する母の顔である。稔麿は苦笑して答えない。まさか、ここが誰かに張られていないか、折々に検めるのも間諜の役目なのだ、とは言えない。

「あんな、うち、ずっと気にしとおしたんや」

女は遠慮がちに切り出した。

「吉田はんにはお詫《わ》びせなと思うてな」

「詫び？」

稔麿は通りから目を上げ、ていに向く。薄ぼんやりとした顔に、遠慮と当惑が浮かんでいる。

「へぇ。はじめてお会いしたとき若衆みたいに扱《あつこ》うて……」

忘れていたことを掘り起こされ、稔麿は顔を火照らせてうつむいた。

「あのときは座敷の支度で目ぇ回っとおしてな。堪忍しとおくれやす」

女は前のめりに言葉を継ぐ。

「うち、しくじってばかりなんどすえ。御贔屓《ごひいき》さんにもお義母《かあ》はんにも怒られ通しや。もとが愚図《ぐず》やさかい。気ぃも利かん、手際も悪うて」

「……いや、そうでもないじゃろう」

稔麿はつい漏らした。ていが首を傾げる。長い沈黙が挟まった。女は所在なげに前掛けを揉《も》み、「うちも旦那はんが生きとった時分はな、もっと……」と言いさした。が、すぐにかぶりを振った。そうして明るく口調を変え、

「吉田はんはお若いから、昔を懐かしむことなんどあらへんでしょう」

と笑みを向けてきた。

過去には別段、なにもない。いくらさかのぼっても、影に取り込まれた道が続いているだけだ。それでも、わずかに陽の射《さ》す日もあった。

ひとつは松下村塾で学んだ十七の頃。師である吉田松陰は、稔麿の才気をいち早く認め、その覚えの早さ、学識の豊かさを高く評価した。村塾きっての秀才、久坂玄瑞、高杉晋作《すぎしんさく》にも引けを取らぬ才子だと言い、他の塾生の模範とした。「才を過信せず、安逸に流れず勉学に励めば秀でた実りとなる」と言葉を賜り、「無逸《むいつ》」なる字《あざな》を与えられたことは未だ誇らしい思い出だった。

もうひとつは去年の秋、士雇に上がったときだ。今までの働きがようやく認められ、

ひとかどの武士になれたという悦《よろこ》びの中で、稔麿は己を取り巻くなにかが切り替わった音を確かに聞いたのだ。ついに洞穴から抜け出た。降り注ぐ光は、稔麿に長らく付きまとっていた影を確かに焼き切ったはずだった。

それなのに、気付けばまた、闇に取り込まれている。気配のすべてに耳を尖《とが》らせ、息を詰めて生きている。

「ないな」

ずいぶん間を置いて、稔麿は答えた。

「昔を懐かしむことは、わしにゃあまだ早いけ」

「せやなぁ。吉田はんはこれからいくらでも、なんでもできはるもの。うちみたいに毎日同《おんな》じことの繰り返しやおへんのやしなぁ」

稔麿の耳に、ていが井戸水を手桶に注いだときの水音が甦《よみがえ》った。定まった居所があり、日々決まった仕事をこなす。名や出自を偽ることも、人を疑うこともない。暮らしの中でささやかな悦びを見つけ、小さな失態を気に病む。もしかすると日なたとはこういう場所かもしれぬ、と稔麿は思う。まぶしい光を浴びなくともいいのだ。せめて日溜まりのもとへ。静かな木陰へ。

薄暮れの縄手通を男がひとり、歩いてくる。

稔麿は、素早く障子の陰に身を滑らせた。

「どないしはりましたん」

伸び上がった女の帯に手を掛け、無言で自分の側に引き寄せる。童《わらべ》ほどの手応えも残さず、ていは稔麿の胸に倒れ込む格好になった。

縞の着流し、町人髷。間違いなく、先だって土方と一緒にいた男だ。わざわざ小川亭の前で背負っていた荷を下ろし、片手で肩を揉みながらゆるりと首を回している。

――ここが嗅がれちょるんか。

周囲に目を走らせた。他にそれらしき影はない。今すぐ踏み込まれるという危惧は消えたが、巡邏の道筋にこの店が組み込まれているのだと察した途端、背中に冷や汗が滑った。

「あら、あれは」

胸元から声が立って、稔麿ははじめて女を抱き込んでいることに気付く。慌てて身を離そうとしたとき、ていが言った。

「壬生浪《みぶろ》や。確か山崎《やまざき》」

稔麿は居すくんだ。

――山崎……山崎烝《すすむ》か。

新選組監察方として図抜けた働きをしていることは聞こえてきていた。だが、屯所に詰めず市中に潜んでいるため、なかなか面が割れない。かつて長州が新選組に潜り込ませた間者も、山崎と接する機を得ぬまま、逆に間者であることを看破され、討ち取られた。

「なして奴の顔を知っちょる」

「へえ。前に一遍、壬生浪が御用改めに来たことがありましたんや。まだ隊ができて間もない頃やって、みなはん身なりもひどうてなぁ、武州《ぶしゅう》やなんや荒い言葉でしゃべらはってなに言うとるかもわからん。そん中でひとりだけ上方言葉の方がいはって、それが」

と、ていは窓の外を指さした。

「他の方から山崎さんて呼ばれてはりました」

烏合《うごう》の衆であるはずの新選組が堅固な組織に育っている陰には、秀でた監察がいるのだ。

「でかした、大手柄じゃ」

ていが面《おもて》を華やがせる。

「うち、お役に立ったんやな」

目の縁が赤く染まった。

「人様のお役に立ったんや」

だがその顔を、稔麿は見ていない。再び荷を担いで去りゆく山崎を、吸い尽くさんばかりの勢いで記憶に留《とど》めていた。嫌悪も怨恨も湧かぬ。ただ、自分と同じ「影」の、しなやかな身のこなしを恐れた。

しばらく小川亭を使うのを避けるよう有吉らに命じ、稔麿は単身、壬生周辺を探った。山崎がどこに潜み、どんな動きをしているのか、宮部らの活動をどこまで摑んでいるのか知っておきたかったのだ。しかし奴は壬生に一切出入りせず、仕入れた報をどこでどのように隊士に伝えているのかも、ようとして知れない。

が、躍起になって探る稔麿の前に、山崎の影は、思わぬ形で立ち現れた。

六月朔日《ついたち》。忠蔵が、肥後藩宿陣の置かれた南禅寺塔頭《たっちゅう》天授庵に向かう途中、新選組に捕らえられ、山門に生き晒《ざら》しにされたのである。

報《しら》せを受けて稔麿は真っ先に桝屋に走った。宮部を逃すためである。おそらく忠蔵が宮部と関わりあることを、山崎はすでに摑んでいる。ただし、わざわざ生き晒しにしたということは、宮部の潜伏先までは探り切れていないという証《あかし》である。忠蔵を囮《おとり》に、大物勤王家をおびき出そうという肚《はら》だろう。

稔麿が桝屋に入ったとき、宮部はまさに南禅寺に向かわんとしていた。

「行くことはなりません。これは罠《わな》じゃ」

「わかっておる。だが、わしは逃げも隠れもせん。義はわしらにあるのじゃ」

「義」という言葉は常に、稔麿の耳に空疎に響く。そこには、現実《うつつ》の険しさも容赦のなさも、なにひとつ映し込まれてはいない。宮部が捕らえられれば、別の勤王家が決起する。大坂の来島も今度こそ黙ってはいないだろう。

「今動くのは尚早にございます。一度、策を練らんと」

「そんな悠長なことをしておれるか。忠蔵が晒されておるのだぞ」

「あの者は、たやすく口を割るような男でございましょうか」

訊くと、宮部は動きを止めた。

「いや。たとえ刃《やいば》を向けられても吐かぬ奴よ」

稔麿は密《ひそ》かに胸を撫で下ろす。新選組に詰め寄られて忠蔵が吐けば、桝屋の存在も知れる。それはもっとも避けるべきことだった。もはや、あれだけの武器を他に移すことはかなわぬのだ。

「しからば宮部様は、宿替えをして身を潜めてつかーさい」

「わしだけ逃げよと申すか。忠蔵はどうなる」

宮部が吠《ほ》えた。

「今は、尊王攘夷の志を成し遂げるが第一」

「わかっておるわ。だが忠蔵は……」

稔麿はそれを遮り、宮部を見据えて言い放った。

「たかが下僕ひとりの命ではござらんか」

宮部の顔が、怒りと軽侮に歪《ゆが》む。

「おのしは所詮、足軽よ。武士の誠も義も持ち得ぬのじゃ」

その声を振り払って、稔麿は立ち上がった。

「由岐屋ちゅう宿をとっちょります。案内しますけぇ、そちらに移ってつかーさい」

静かに頭を下げた。


宮部はその後、稔麿に従い、ひとまず宿を移った。だが稔麿が藩邸に戻った隙に小川亭に忍び入り、南禅寺へ使いをやった。

ていである。

忠蔵の親戚《しんせき》だと名乗り、彼に咎のないことを訴えて返してもらえ、という宮部の指示に、ていはうれしげに頷いて、「うち、お役に立つんやね」と言ったという。

稔麿が長州藩邸でその報に接したのは、女が店を出て半刻以上経ったあとであった。

報せを運んできた有吉も、「まさかそねーな勝手をするとはのう」と眉間を揉んでいる。

稔麿は色を失った。脳裏に、小走りに道を行くていの姿が浮かぶ。

「忠蔵をどっかで摑まえられんか。決して桝屋に戻らしちゃあいけん。古高にも、門前払いするよう命じちょかんと」

大刀を摑み、腰を浮かした。

「落ち着け、栄太。相手は新選組じゃ。女が行ったところで忠蔵は放たんわ」

「いや、奴らは放つ。宮部様が現れんときに備え、別の手も打っちょるはずじゃ」

絞り出すように言うと、怒りが臍《へそ》から脳天まで突き抜けた。

「阿呆《あほ》めがっ」

拳を畳に振り下ろす。

「桝屋が、割れるぞ」

稔麿は力なく、吐き捨てた。

Ⅳ

稔麿の読んだ通り、新選組のやり方は巧妙だった。

南禅寺を訪ねたていを、忠蔵とは会わせずに奥へ連れていき、半刻近くもかけて身元や名を問いただしたらしい。とはいえ身の入らぬ訊問で、「壬生浪ゆうのはちっとも怖いことあらへんえ」と後にていは語っている。

その訊問のさなか、奴らは忠蔵を放した。「女がそなたの身元を証した。こちらの手違いだ」と隊士は頭まで下げたという。忠蔵は念のため女の名を訊くも、知らぬ、聞いておらぬで相手は通し、忠蔵もまた、宮部が誰かを差し向けたのだろう、となれば、宮部は無事であり、女がすべての嫌疑を晴らしたのだと合点して、それ以上こだわらなかった。

放免された忠蔵は、ためらいもなく桝屋に向かう。そのあとを、新選組監察方が密かにつけていたのだろう。古高は、稔麿の指図通り忠蔵を中に入れなかったが、生き晒しから放たれて真っ先に炭を買いに行く者もいない。山崎ほどの手練《てだ》れが指揮を執っていたのであれば、桝屋が根城だと迷わずあたりをつける。

忠蔵が放たれてすぐの六月五日早朝、新選組八人が桝屋に踏み込んだ。隠し部屋にあった武器弾薬はすべて押収され、古高もまた、処分をためらっていた書簡とともに屯所に引かれた。山崎の、ぬらりとした身のこなしが頭をよぎる。稔麿は、額から流れる汗にぐずぐずと自負を溶かされる思いだった。

宮部は「古高奪還」と息巻いている。反して桂は「けっして軽挙はならぬ。若殿様の上られる前じゃ」の一意である。しかし稔麿は、ここは古高を奪い返すが得策と考えていた。はじめて桝屋で古高に声を掛けた折の動じ方を思い起こし、拷問にはとても耐えられまいと踏んだのである。宮部らが唱えてきた「長州が進発する」「京を火の海に」といった暴論は、古高も聞いているはずだ。それをそのまま新選組に告げるようなことがあれば、長州が天朝に対し汚名を雪ぐ機はなおさら遠のく。

宮部らとの会合は、その日のうちに整えられた。場所は、用心のため、普段は使わぬ三条小橋西の旅籠《はたご》と決まる。

池田屋《いけだや》、という。

今度ばかりは、桂が来なければ収まりがつかぬ。稔麿はその旨しつこく念押しし、藩邸から共に池田屋に入ることまで取り決めたが、桂は直前になって「会合前に寄るところができた。一足先に出る」と言い出した。

「そんならその御用、私もご一緒します。桂さんは人相書きが出回っちょりますけぇ用心に越したことはない」

しかし稔麿の申し出を、桂は一蹴したのだ。

「徒党を組んで行くほうが目立つであろう。いざとなれば藩邸に逃げ込めばよいのだ。会津も薩摩も、さすがに邸《やしき》に押し込むことまではせぬ。そのため藩邸の閂《かんぬき》を常に外してあるのではないか」

苛立《いらだ》たしげに言って、昼過ぎ密かに姿を消した。

日暮れが迫る中、稔麿はやむなくひとり、三条小橋に向かう。まだ約束の刻には間がある。不意に思い立ち、縄手通へ足を延ばした。古高を手に入れた今、新選組もさすがに小川亭を見張る手間はかけぬだろうが、用心のため鴨川縁から裏木戸をくぐる。尻から入ったために、ちょうど三和土《たたき》を水拭きしていたていを危うく踏みそうになった。女はそれが可笑《おか》しかったのか、小娘のように笑い転げた。

稔麿は安堵《あんど》する。あの日、自分が南禅寺に遣わされたことで桝屋が割れたという事実を、女は知らない。それだけ確かめれば他に用もなかったが、ていの、ころころと動く喉を見るうち、どうにも去りがたくなった。

「茶を一杯、所望したい」

「へぇ。したら、ただいまお持ちいたします」

厨《くりや》へと走る女を見送り、稔麿は二階に上がる。いつもの座敷へ向かいつつ渡り廊下から中庭を見下ろした。ていが、釣瓶を引き上げているところだった。清流の端にいるような控えめな音が立つ。女の無駄のない仕草ひとつひとつが、仕事をする中で工夫を重ね、編み出されたものだと思えば、いっそう尊い気がした。

座敷の肘掛窓《ひじかけまど》にもたれていると、ほどなくして緑茶が運ばれてきた。淹《い》れ方がよほど巧みなのだろう、香りが高く、引き出された茶の甘みが喉を癒《いや》す。旨《うま》いな——そう言いたかったが、傍らで妻女のごとく胸に盆を抱いている女を見て、気恥ずかしくなってやめた。

空は、いつしか厚い雲に覆われている。

「嫌な陽気じゃ」

「ほんまや。雲行きが怪しおすなぁ。お祭りやゆうに」

「ほうか。今宵は宵々山《よいよいやま》か」

ていが、単衣《ひとえ》の袂《たもと》で口元を覆った。

「なんや今頃。祇園《ぎおん》のお祭りゆうたら、みな半年も前から首を長《なご》うして待っとんのどすえ」

耳を澄ますと遠くから、笛太鼓の音が聞こえてきた。稔麿はぼんやりと囃子《はやし》に身を委ねた。

川を渡る風が首筋を撫でる。

ていが、ふっとこちらに目を遣《や》った。

頬へ、白い手が伸びてくる。細い指先が鬢に触れた。

稔麿は、反射で脇差に手を掛けた。ていが驚いたふうに、手を引いた。

「すんまへん。御髪《おぐし》が乱れとったさかい、つい。お武家はんの御髪に触るようなご無礼をしてもうて」

「……いや」

動悸《どうき》を抑えつつ、稔麿は居住まいを正す。

「今宵は人と会う。元結《もとゆい》はあるか？」

ていが支度した元結で、稔麿は髪を簡単に結い直した。だが、結ぼうとするとプッリと切れる。仕方なくまた新しいもので結う。と、また切れる。見かねたていが「お手伝いします」と稔麿の後ろに回った。

「あんな、吉田はん」

元結を括《くく》りながら言った。

「うち、みなはんのお役に立ちたいと思うてます。せやから御用があれば遠慮のう言い付けておくれやす。使いくらいなら、いつでもできますよって」

声がやんで女の香が濃くなった。元結を切る音がして、稔麿の髪が定まった。ていは、日々のすべての仕事を美しく無駄のない所作で運ぶことができるのだ。

「やめたほうがええ。若女将には向かん仕事じゃ」

「……やっぱり、うちはお役には立たしまへんか」

女の溜息が稔麿の首筋をさすった。

「そうではない。日なたにある者が、わざわざわしのように影に潜ることはないんじゃ」

長い沈黙があった。きっとていはまた、首を傾げているのだろう。稔麿はそっと、その姿を想像する。

「日なたや影ゆうんは、うちにはようわからしまへんけど」

ずいぶん経ってから、控えめな声がした。

「吉田はんは影やおへんえ」

稔麿は応えず、体をずらして肘掛窓に寄りかかった。灰色の綿雲から落ちてきた雨が、肩や腕を濡《ぬ》らす。

「わしにもいつか、そねーな日が来よるかのう。日なたを歩ける日が」

「へえ。いくらでも。吉田はんは、これからなにになりなるんや?」

考えたことはない。常に目まぐるしく変わる諸藩の情勢や、会津、新選組の動き、藩論の変化を見据えるのに精一杯で、己の身の振り方に思いを巡らす余地さえなかったのだ。

「ほうじゃな。異国に負けん兵を指揮したい。洋式銃陣も学びたい。いずれは政《まつりごと》にも関わって、諸藩との外交にも尽くしたい」

唐突に、それまで夢想だにしなかった将来があふれ出て、稔麿は戸惑いながらも続ける。

「世ん中はもうじき変わる。そんときわしは、藩を超えて働きたい。村塾で学んだことを世のために生かしたいと思うちょる。探り合いは終わりじゃ。もっと大きな舞台が待っちょるはずじゃ」

女相手になにを語っているのかと、冷静な自分が耳の内から咎める。同時に稔麿は、心の奥底で、自分はずっとそんなことを願ってきたのだ、とはじめて気付かされてもいた。

「ええね、吉田はんは。これからずっと偉《えろ》うなるんやね。羨《うらや》ましい」

「そなたにも目指すところはあろうが」

珍しく晴れた心持ちに引きずられて水を向けると、女は「へえ」と頰を染めて、前掛けを揉んだ。

「これでもな、うちも夢見とることはあるんどすえ。まずな、今、使《つこ》てる竹の茶漉《ちゃこ》しを新しいのんに替えたい。清水《きよみず》さんとこでええのんを売ってたんや。あとは笊《ざる》やな。もう二回り大きいのんが欲しい」

稔麿は、目をしばたたかせた。

「それとな、これは内緒え」

ていは声を潜める。

「早《はよ》うお義母はんより頼みにされる女将になりたい」

稔麿は笑みがこぼれそうになるのをこらえた。

——この女の宿志《とも》はリセに勝つことらしい。

喉の奥に明かりが灯ったような気がした。温かく安心できる、日溜まりに似た光だった。

定刻、池田屋に入った稔麿は、主人の池田屋惣兵衛《そうべえ》から桂が他行していることを告げられる。

「一遍早い刻に来はったんですが、すぐ出ていかはりましてん。後ほど戻る由、お伝えするように言付かりましてな」

――避けたか。

嫌な予感がした。桂は、一旦顔を出して義理を果たし、話し合いには加わらぬ気ではないのか。

不安を抑え込み、稔麿はまず宿の間取りを検める。式台を上がると正面に表階段、奥に裏階段がある。廊下に沿って土間と大小の座敷が並ぶ。二階は中央を廊下が貫いており、三条通に面して八畳一間と四畳一間、廊下に沿って、六畳一間、四畳半二間、八畳と四畳が一間ずつ。裏庭の先は岩国藩邸に続く舟入となっている。

稔麿が通されたのは二階裏手の一室で、すでに宮部をはじめ二十人ほどの壮士が集まっていた。北添、望月、有吉、いつもの顔も見える。

すぐに話し合いがはじまったが、古高奪還の策は容易に固まりはしなかった。宮部は敵陣に討ち入らんと主張する。しかし、壬生の屯所にどれほどの武備があるか知れず、探っている余裕もない中ではあまりに無謀である。加えて武力衝突となれば、いっとき古高は奪還できても、長州が幕府から責めを受けるのは必定である。なんとか刃を交えず古高だけを逃す手立てはないか――そう訴える稔麿に、しかし賛同する者は少なかった。誰もが、押っ取り刀で壬生に乗り込まんと逸っているのだ。

――桂さんは、まだ来ぬか。

宵々山の囃子が座敷にも漂ってきていた。

「世は祭りぜ。見に行きとうても今宵ばかりは行けんがじゃ」

激しい言葉の応酬を和らげるように望月が言い、「まっこと、こげなときにのう」と北添がおどけた声で受ける。土佐者の明るさに、蒸されて重く貼り付いた空気が少しだけ流れた。

そのとき、囃子の隙間から、惣兵衛の声が聞こえてきたのだ。二階に向かってなにか怒鳴っている。

「階下《した》からなんぞ言いゆうが。ちくと見てきちゃる」

襖近くに座っていた北添が腰を上げた。

稔麿は熱を持った頭を冷ましながら、なにか引っかかるものを感じ取っていた。惣兵衛の声の前に、かすかに聞こえた音がある。江戸訛りの声だ。

クミ　コヨウア　ザル。

瞑目《めいもく》し、集中して記憶をなぞり、穴を埋めていく。

シンセングミ　ゴヨウアラタメニゴザル。

目を見開いた。北添が襖を開けて、廊下に出ようとしているのが映る。

「いけんっ、出るな！　北添っ戻れっ」

凄《すさ》まじい音で階段が鳴ったのと、北添の悲鳴があがったのと同時だった。全員、とっさに大刀を摑んで立ち上がった。稔麿も脇差を抜き、飛び下がって行灯《あんどん》の火を吹き消した。戸口に現れた返り血を浴びた男の姿が、暗転する視界の中でおぞましい残像となる。

「新選組近藤勇《こんどういさみ》。御用改めである。神妙にいたせっ。手向かいいたす者、容赦なく斬り捨てるっ」

びりびりと空気が鳴る中で、誰かが刀を振り下ろした。骨が断たれる不気味な音が響き、そのまま敵味方入り乱れての斬り合いとなる。大刀を天井に突き刺し身動きのとれなくなる者、うめき声を残して倒れる者。稔麿もまた、次々と襲いかかってくる刃を払う。

――いったい何人で斬り込んだのか。

太刀風《たちかぜ》を聞きながら、怖気《おぞけ》をふるう。敵が大勢なのか、少数だが卓抜した使い手なのか、暗闇と混乱で、それすら判じ得ないのである。

どのくらい、剣を振るっていたろうか。総身を濡らす汗と、上がっていく息に難渋しながら斬り結ぶうち、稔麿はいつしか無人の座敷に迷い込んでいた。窓から、外を窺う。提灯《ちょうちん》が見える。下にも見張りがいるのだ。やはり、相当な人数を配しているのかもしれぬ。

――斬り抜けて、藩邸に助勢を請わねば無理だ。

先程検めた宿の間取りを、今一度頭に浮かべる。おそらくここが三条通沿いの八畳間。窓から出て屋根づたいに隣家に移り、中庭から裏通りに抜け、三条小橋横を高瀬川沿いに藩邸まで走ればいい――素早く順路を決めて窓に足を掛けたとき、細身の影が座敷に飛び込んできた。稔麿はとっさに脇差を振り下ろしたが相手はなんなく避け、一刀、打ち込んでくる。まるで紐《ひも》でも投げるようにしなやかな動きで、初太刀を防ぐのがやっと。二刀目、稔麿の鎖骨が鈍い音で鳴った。胸の上を生温かいものが滑り落ちていく。焦って上段に構え直すも、今度は隙のできた脇腹を刃にえぐられた。転げた拍子に刀の柄《つか》で左目を打ち、眼球が押し潰される。かろうじて仰向けになるも、すでに男は稔麿を跨《また》いで切先《きっさき》を下に向けていた。

なにも思い浮かばない。なにをすべきかもわからない。目の前の光景を他人事《ひとごと》のように見守るだけだ。

そのとき突然、男が激しく咳《せ》き込んだのだ。そうして刀を構えたまま、膝から崩れ落ちた。稔麿はとっさに後じさる。男の口から黒い血がほとばしるのが見えた。

――こいつ、労咳《ろうがい》か。

隙を衝《つ》いて窓から這《は》い出た。倒れ込みながらも男が薙《な》いだ刀が稔麿の腿《もも》を裂いた。足を引きずりながらも屋根をつたい、隣家から通りに下りる。刀身が曲がって鞘《さや》に収まらなくなった脇差は握りしめたままだ。

——早く助けを。人を呼ばねば。

それなのに走れど走れど進まぬのだ。足に力が入らず、いたずらに身が揺らぐ。体のあらゆるところから流れる血が、容赦なく土に吸い込まれていく。霞《かす》んでいく意識をなんとか引き留め、遮二無二足を前に出す。恐ろしく長い刻が過ぎたように感じた。靄《もや》の掛かった視界の中に、ようよう二条の藩邸が現れた。ほとんど這うようにして辿り着き、やっとの思いで門に手を掛けた。

そこで、稔麿は立ちすくむ。

「……なして閂がかかっちょる」

力の入らぬ手で、頑丈な木戸を叩《たた》いた。

「開けてつかーさい。吉田稔麿にござる。池田屋でお味方遭難。加勢を請いたいっ」

門の内側、すぐ近くに人の気配がある。しかし返事はなく、閂を外す音すらしない。

「吉田稔麿にござるっ。稔麿にござりまするっ」

士雇になったとき、生まれ変わるつもりで己に与えた名だった。京や江戸では変名で通すことが多かったから、堂々と名乗る機会に恵まれなかった名であった。

「どうか、どうかっ、開けてつかーさい。吉田稔麿にござりまするっ」

藩吏たちはすでに、池田屋での異変を耳にしているのかもしれない。藩として関わり合いになるのを避けるという決断をしたのかもしれない。

——たかが下僕ひとりの命ではござらぬか。

宮部に放った己の声が内耳に響く。喉を塞《ふさ》いだ血が嗚咽《おえつ》とともに吐き出された。稔麿は門を背にくずおれる。

「なしてじゃ。なして……」

うめいたところで、誰も答えを投げてはくれぬ。稔麿は、柄を握ったままの右手の指一本一本を左手で剝がし、脇差を両手で持ち直した。

——せめて武士として死ぬんじゃ。

空を見上げる。雨はとうに上がっているが、星は見えない。雲が覆っているのか、潰れた左目のせいか。見慣れた闇ばかりが広がっていた。

「最期《さいご》までわしは……」

みなまで言わぬうちに、腹に刀を突き立てた。痛みはない。ただ、必死にたぐり寄せていた糸がプツリと切れたときのような虚《むな》しさがあった。どこかで引っかかって止まりたくて、

「おい」

たまらず呼びかける。松陰や久坂や高杉、親しく馴染んだ幾多の顔が目の奥に浮かんでは消えたが、それもやがて見えなくなった。

真っ暗な中で、かすかに、聞こえる。つつましく澄んだ音だ。あの水音かもしれない。
稔麿は小さく笑んで、その音にそっと身を委ねていく。

呑《どん》龍《りゅう》

I

壬生《みぶ》から堀川端《ほりかわばた》まで出ただけなのに、もう息が切れた。

沖田総司《おきたそうじ》は川を覗《のぞ》き込む格好で足を休め、無闇と上下する肩が落ち着くのを待った。わずかに体を起こし、鼻から存分に息を吸い込む。熟《う》んで湿った夏の外気が、勢いよく喉を滑り落ちていく。それなのに、肺腑《はいふ》の奥までは届かないのだ。途中で押し返され、乾いた咳《せき》となって総司の体を意地悪く波打たせた。

「どうも、厄介なことだねぇ」

歌うようにひとりごち、また歩き出す。下駄を転がして堀川端を下り、本圀寺《ほんこくじ》の境内を突っ切って、安養院《あんよういん》裏手の町家の前で立ち止まった。ひと月ほど前から通いはじめた診療所だった。緒方洪庵《おがたこうあん》の適塾《てきじゆく》にはじまり、ほうぼうで蘭学《らんがく》を学んだという碓井良庵《うすいりようあん》なる町医が診《み》ている。

空咳が続き、時折高熱を出す総司を案じて、新選組《しんせんぐみ》副長の土方歳三《ひじかたとしぞう》が見つけてきた診療所だった。「必ず行けよ」と、そのとき土方は言葉少なに命じただけだったが、おそらくは事前に名医と名高い医者を入念に探り、自ら出向いてその人品骨柄を検《あらた》めた上で勧めたに違いなかった。碓井はすでに相応の薬礼を渡されていたようだったし、土方のなにごとにも周到な性分を、付き合いの長い総司は知りすぎるほど知っている。

それでも総司は、なかなか診療所に足を向ける気にならなかった。単に億劫《おっくう》だったことがひとつ。病《やまい》の身と認めたくなかったことが、もうひとつ。時折物言いたげに睨《にら》んでくる土方を巧みにかわしていたつもりだったが、会津の松平容保《まつだいらかたもり》が京都守護職に復職した元治元年四月の頭、壬生寺で近所の子供らと遊んでいた総司の襟首を引っ摑《つか》んで、

「いつまでも行かねぇのなら、このまま俺が引きずっていくぞ」

と、まったく唐突に彼は凄《すご》んできたのだった。子供たちが、蜘蛛《くも》の子を散らすように境内から消えた。

「行きますよ。明日にでも運ぼうと思ってたところです」

総司は笑って、するりと身をひねる。襟首を摑んでいた土方の手がわけもなく外れる。

「はぐらかしやがって。お前はいつもそうだ」

総司は、この世で諍《いさか》いほど無益なものはないと信じている。刃《やいば》を交えることには実がある。が、言い争いはなにも生まない。だから意を違《たが》えた他者と接しても、意見することはない。ただ黙って見ている。土方も煎じ詰めれば総司と同じ質《たち》だ。余計なことは一切言わぬ。このときも彼は、

「会津様がお戻りになった大事なときだ。お前にもこれまで以上に働いてもらわなきゃならねぇ」

と、勢い込んで来た割にはそれだけ言って、あっさり背を向けたのだった。

この二月、京都守護職のお役にあった松平容保が幕府の命により軍事総裁職に転じた。代わりに京都守護職に据えられたのが、越前《えちぜん》の松平春嶽《まつだいらしゅんがく》である。新選組は会津藩お預かりという立場にある。上洛する将軍・徳川家茂《とくがわいえもち》の警護という名目で江戸から送り込まれた一介の浪士団が、容保の英断によって公に働きの場を得たのである。ゆえに隊士一同、守護職交代の報《しら》せに動じた。越前侯の差配となれば我らはお払い箱になるのではないか、と案ずる声まであがっていたのだ。

局長の近藤勇《こんどういさみ》は黒谷《くろだに》の金戒光明寺《こんかいこうみょうじ》に置かれた会津藩の本陣や所司代に通い、容保の下で働けるよう懸命に訴えを続けた。その甲斐《かい》あってか、それとも春嶽が役を投げ出したのか、総司は詳しいところを知らなかったが、四月になって容保が再び守護職に就いたのである。会津侯の御為《おんため》にも大きな手柄を立てるぞ、と近藤がまったく素直に息巻き、隊士らの士気も上がる。新選組のこの先の隆盛を局中の誰もが信じてやまない、そういう時期だった。

診療所の前に立ち、辺りにひと気のないことを素早く確かめてから、総司は引き戸の内に滑り込んだ。裏庭まで続く通り土間に沿って、奥が診療部屋、手前の座敷は患者が

順番を待つ控えの間という設《しつら》えだ。座敷には婆《ばあ》さんがひとり、口をへの字に結んで座している。総司と目が合うや、

「よお、呑龍《どんりゆう》」

と、しゃがれ声を放ってきた。

「こんにちは。お布来《ふき》さんもこれからですか」

大刀を置いて、総司も畳に腰を落ち着けた。

「ああ。薬をもらいにね」

五十をひとつふたつ過ぎた歳《とし》だというが、それよりずっと老いて見える。頬や首筋の肉がすっかり落ちているせいかもしれない。総司と同じ病だった。いずれ私もこうなるのかな、と布来に会うたび総司は足下に揺らぎを覚える。

「具合はどうだえ、呑龍。悪いのかえ」

「いえ。悪かぁないです。ただ様子を診てもらいに」

ふうん、と布来は鼻を鳴らした。総司が、京雀《きようすずめ》たちに壬生浪《みぶろ》と忌み嫌われ恐れられている新選組隊士だということを、彼女《かれ》は知らない。どこぞの素浪人だと思い込んでいる。それで、呑龍なんぞと珍妙なあだ名をつけて平然としているのだ。

布来の名が呼ばれ、彼女は壁で身を支えて立ち上がった。緩慢な仕草で診療部屋へと入っていったが、襖《ふすま》越しに聞こえてきたのは「先生様よ、いつになったら治してくれ

るんですよっ！」という威勢のいい啖呵《たんか》である。総司は漏れ出た笑い声を、慌てて両手の平で包み込んだ。

江戸で御家人の家に生まれたのだ、とはじめて口を利いた日に布来は自らの出自を語った。京詰になった夫に従い、この地に移って十余年になる。先年、頼みの夫は逝っちまったけどね、と彼女は薄く笑った。「それで江戸言葉なんですね」と、懐かしさを面《おもて》に出した総司に隔てを置くようにして、布来は言ったのだ。

「そうさ。つまり、あんたのような浪士風情《ふぜい》とは身分が違うってことだ」

呑龍というのは、舌耕芸人の名だそうだ。おどけ説教やあほだら経で見物人を笑わせるのが持ち芸で、浅草の奥山で何度か興行したらしい。

「もっとも、あたしが江戸にいた時分に見たのは初代呑龍の弟子で、本当は玉眠とかいうらしいが、呑龍と名乗ってたからね。舌先三寸で愚にも付かないことばかり言うのさ。いつだってふざけて、真面目になったためしがない。どうだい、あんたとそっくりだろう？」

これは三度目に口を利いたときに言われた。以来布来は、総司を呑龍と呼ぶ。あだ名をつけたら安心したのか、総司のお役目も、本当の名さえも訊《き》こうとしない。

「先生様よ、薬礼も馬鹿にならないんだ、ともかく早く治してくださいな」

布来が捨て台詞《ぜりふ》を吐いて下駄をつっかけたのを見送ってから、総司は診療部屋に入った。蘭方医には珍しく剃髪《ていはつ》にして、代わりに黒々と髭《ひげ》を蓄えた碓井は、苦笑いを頬に残したまま総司と向き合う。喉を診られ、舌を検められ、脈をとられる。

「休息が足りておらんようだ。できれば二、三日は安静になさったほうがよろしいのだが」

そう告げた碓井の顔からはもう、笑みの残滓《ざんし》は消えていた。

「悪いですか？」

「いや、悪くはない。だがよいとも言えぬ。養生に越したことはありません」

「あの……労咳《ろうがい》というのは、いずれ治ることもあるのでしょうか？」

碓井は黙って薬を調《ととの》えている。ちゃんと飲むようにと念押ししてそれを手渡してから、

「病というのは疎《うと》み憎んでも詮方ない相手です。まずは、うまく付き合っていく気構えを持つことが肝要です」

と、柔らかな声をそっと差し出した。

このところ、屯所が妙に騒がしい。帰府する家茂公の警護で大坂まで下っていた隊士一団が戻ってきたことに加え、剣術稽古に勤《いそ》しむ者が増えたためだった。京師《けいし》では、勤王家の動きが日増しに激しくなっている。ために、不逞《ふてい》浪士を余さず捕らえんと、市中巡邏《じゅんら》に備えて腕を磨いているのである。

みなの熱気に当てられて、総司は朝飯もそこそこに屯所を抜け出した。幸い誰にも見つからず壬生寺の山門をくぐったのに、間の悪いことに境内で永倉新八《ながくらしんぱち》が竹刀を振っているのにぶつかった。

「巡邏か？　それにしちゃ身軽だな」

総司は、永倉と同じく副長助勤の役にあり、一隊を率いている。が、徒党を組んで巡邏に出るのがどうにも苦手で、時折こうして雲隠れする。それと悟って永倉は、わざとこういうことを言う。

「いえ。永倉さんの気合いが屯所まで聞こえてきましたので、お手並みを拝見、と参ったのです」

総司もまた顔色ひとつ変えず、言ってのけた。

「なに言いやがる。ここから八木《やぎ》の家まで俺の声が届くはずなかろう。前川の道場のほうが騒がしいんだぜ」

新選組は、壬生の八木家に加え、坊城通《ぼうじょうどおり》を挟んで向かいにある前川家も屯所として借りている。半ば押しかける形で寄宿したのだが、居候の割に好き勝手し放題で、先頃も前川家の長屋を一存で道場に仕立ててしまった。

「お前は口から出任せばっかりだな。その癖を直せよ。士道に悖《もと》るぜ」

鼻の頭に皺《しわ》を寄せた永倉の傍らに、ひとりの若者が竹刀片手に佇《たたず》んでいる。はじめて見る顔だ。上背六尺余り、偉丈夫の永倉と並んでも引けを取らぬ立派な体格だが、まだ少年らしさの残る面立ちで、二十三歳になった総司より若く見える。

「会津藩、柴司《しばつかさ》と申します」

袴《はかま》の前に手を置いて若者は身を折り、

「ご挨拶をさせていただくのははじめてですが、沖田先生の稽古は幾度か拝見しております」

と、案外なことを口にした。総司が剣術指南していたのを二度ほど見学したのだという。たいがい総司が稽古に出ると、その剣技見たさに道場は隊士で溢《あふ》れる。柴もその中にまぎれていたのだろう。

「柴君は熱心だぜ。非番になると、稽古をつけてほしいとこうして来るんだ。誰かさんとは大違いだ」

諸肌脱《もろはだぬ》ぎの永倉が、汗を拭いつつ口を入れた。

「へぇ。黒谷からわざわざ？　御家《おいえ》にも使い手はたくさんおられるでしょうに、よりによって永倉さんに教わるとは物好きなことだ」

総司が茶化すや、柴は慌てふためいて「滅相もない」と、声を張った。

「新選組の剣技には学ぶところが大いにございます。私は、藩の主流派だけでなく、剣客と名高い方々から広くご指導いただきたいと望んでおりますゆえ」

「そうかい。真面目なんだねぇ」

総司は微笑《ほほえ》んで、石段に腰を下ろした。粘っこい汗が額に滲《にじ》んでいる。熱が、あるのかもしれない。

「沖田先生にも是非一度お手合わせ願いたく」

柴は、慎重に言葉を重ねる。

「うん。いつかね。それから、その沖田先生というのはよしてください。先生なんぞと言われると、背中がすうすうする」

「いつかと言わず、今稽古をつけてやれよ」と乱暴に竹刀を投げて寄越した永倉に、

「そうだ、永倉さん。土方さんが呼んでましたよ」と、出任せを言った。永倉はしつこい。やれと言ったら、相手がやるまで強要し続ける。

「土方が？　何用だ？」

「さぁ、知りません。内々にと言伝《ことづて》されましたから、大事な用事でしょう」

永倉の顔が気鬱《きうつ》の膜をまとう。袖に手を通しながら「どうせまた、厄介事を押し付けられるんだろう」とぼやき、境内の砂利を蹴って屯所へ戻っていった。残された柴は、永倉の背中と総司の顔とを困《こう》じた様子で見比べていたが、

「あの……もしよろしければ、稽古を」

と、遠慮がちに申し出た。

「私の剣術なんて、あまり役には立たないですよ」

今日はひどく体が重い。竹刀であれ手合わせは避けたい。柴は、言葉の裏を読むふうに思案に潜《もぐ》っていたが、ややあって、

「それは、十二分にわかっております」

と、妙な合点をした。

「随分正直だねぇ。そりゃあ永倉さんや斎藤《さいとう》君にゃあ敵《かな》わないが」

総司が笑うと、「そういう意味ではありません」と、柴は背筋を伸ばした。ただでさえそびえるような丈が、なお嵩《かさ》を増す。

「無論、そのお二方の剣技は抜きん出ておられますが……」

副長助勤の永倉新八と斎藤一《はじめ》は、総司と並んで新選組の三傑と呼ばれる使い手である。永倉は神道無念流、斎藤は無外流と流派は違うが、道場での立ち合い稽古で彼らに勝てる隊士は未《ま》だない。

「しかし、私は沖田さんの剣が一番怖い」

柴は言って、その大きな体を震わせた。

永倉は、構えるや総身に気合いがたぎる様がはっきり見えるという。斎藤は、常に殺気立っていて、道場に入ってくるだけで身が引き締まる。つまり、この両人に対しては、対するほうもおのずと気構えができる、と柴は言うのだ。

「それに引き替え沖田さんは、気合いというものがまるで見えぬのです。構えといっても竹刀をだらりと下げて、到底打ち掛かってくる支度があるとは見えません。だから相手も、つい体の力を緩めてしまう。そこに向かって凄《すさ》まじい突きが入る。あれじゃあ相手はひとたまりもありません」

そこまで聞いて、総司は無邪気な笑い声を立てた。

「そりゃそうさ。真剣勝負じゃ、ひとたまりもないように仕留めるのが温情ってものだからね。誰だって、ジリジリなぶり殺しにされるのは嫌だろう。相手が斬られたことにも気付かないうちにあっちの世に送ってやるのが、殺生《せっしょう》の掟《おきて》だもの」

柴は、鵺《ぬえ》にでも出くわしたように目を丸くし、音を立てて唾を飲み込んだ。不思議に思った総司がその顔を覗き込むと途端に挙措を失って、竹刀を脇に挟み込んだ。それから「そうだ」と手を叩《たた》き、

「沖田さんの突き、あれはどういう修練で会得されたのですか」

と、落ち着きなく話を変えた。三度の突きが一度に見えると言われる、恐ろしく速い突きである。

「別にこれといったことはしてないですよ。毎日竹刀を振っていたら、自然とできるようになったんだ」

事実その通りなのだが、柴は疑わしげな目を向けた。こうして正直に答えても、技を

他人に盗まれぬための偽言《いつわりごと》だと勘繰られることには慣れているから、総司はそれ以上言葉を継がない。自分には難なくできる技が、他人には手妻《てづま》に見えるらしいことにも、さすがにもう気付いている。

「そうですか。その技を是非教えていただきたいものです」

柴はあっさり疑念を仕舞って、頭を下げた。

「うん。そのうちに。私は永倉さんほど親切じゃあないが、斎藤君よりは加減ってものを知ってるからね」

軽口を叩くと、柴は顔を真っ赤にして噴き出した。

斎藤は、立ち合い稽古で一本取ったのちもなお打ち続けるような荒っぽい真似《まね》をする。時に、ひっくり返った相手に対して幾度も胴を打つことがあって、一度見かねた近藤が注意したのだ。すると斎藤はすげなく言い返した。とどめをさしているのだ、と。竹刀で一本取った程度の傷では、真剣勝負の場合まだ相手に息があるかもしらん。そのままにして不意を衝《つ》かれれば、こっちが手負いになる。一太刀《ひとたち》浴びせたら必ずとどめをさすのが、俺の流だ――。武士らしくねぇな、と近藤は苦り切ったが、総司は面白いと思った。近藤の隣で一切を見ていた土方も、頬の端で笑んでいた。

Ⅱ

柴との約束はしかし、当面果たせそうにもなくなった。

四条小橋の西にある桝屋《ますや》という薪炭商が不逞浪士の密会場になっていると、監察方が掴んできたのである。肥後勤王党の宮部鼎蔵《みやべていぞう》が出入りしているのは間違いないとのことで、六月五日早朝、武田観柳斎《たけだかんりゅうさい》が一隊を率いて店を検めた。総司もこれに加わり、隠し部屋から大量の武器を押収する。さらに、捕らえた桝屋主人の喜右衛門《きえもん》を追及すると、京師に潜む長州人らが、御所に火を掛けて孝明《こうめい》天皇を連れ去る、というとんでもない計略を推し進めていることが明らかになったのだ。

これを受けて新選組はその日のうちに、隊士を祇園《ぎおん》の町会所に集めた。四条から三条にかけての宿を虱潰《しらみつぶ》しに当たり、怪しきは捕縛するのが目当てである。桝屋喜右衛門の自白からは、長州人らがどこに潜んでいるか掴みきれなかったがゆえの苦肉の策だった。会所に密《ひそ》かに運び込んだ鎖帷子《くさりかたびら》や小具足に身を固め、会津藩の援軍を待って繰り出す段取りが組まれる。

だが、頼みの援軍がいっかな到着しないのだ。近藤は焦《じ》れ、その苛立《いらだ》ちが隊士たちにも伝播《でんぱ》する。会所の内には重い沈黙が垂れ込めた。

この夜は祇園御霊会《ごりようえ》の宵々山《よいよいやま》で、表から心地よい囃子《はやし》の音が聞こえてきていた。時折、音曲に合わせて歓声もあがった。

「あーあ。私は御用改めより、祭りに行きたいなぁ」

鉢金を巻きながら総司が言うと、近藤が「馬鹿めっ！」と目を剝《む》いた。土方が案じ顔をこちらに向ける。総司は股立《ももだ》ちをとる振りで目を逸《そ》らした。

――どうも土方さんの勘には敵わないな。

内心舌を巻いていた。桝屋から屯所に戻った段で微熱があり、今も体がだるいのだ。咳が出そうになった。それを、

「冗談ですよ、近藤さん。そんなに怒鳴っちゃあ、耳が痛いや」

と、おどけた声で追いやった。

六ツ半まで待ったところで近藤は痺《しび》れを切らし、新選組だけで探索に出ると決めた。隊は二手に分ける。近藤率いる一隊と、土方率いる一隊。総司は近藤隊である。藤堂平助《とうどうへいすけ》、武田観柳斎、永倉新八を含め十名が命を共にする。

祇園の会所を出て四条通《しじようどおり》を直進し、高瀬川《たかせがわ》沿いに木屋町通《きやまちどおり》を北へ向かう。宿を一軒一軒当たっていくのだ。が、三条まで辿《たど》ってもそれらしき人物はおらず、これは手ぶらに終わるかもしれない、と総司は思いはじめた。もう一刻《いつとき》近くが過ぎている。縄手通《なわてどおり》を検めている土方隊からも、なんら報せはない。

一隊は三条小橋を西に折れた。すぐ右手に池田屋《いけだや》という宿がある。近藤が玄関口を引き開け、

「新選組。御用改めにござるっ」

と、大喝した。すると、転げ出てきた池田屋の主人はたちまち色をなくし、二階に向けてなにごとかを叫んだのである。

――ここか。

総司が察するより先に、近藤が韋駄天《いだてん》のごとく階段を駆け上がっていった。抜刀して続く。二階の部屋から顔を出した男に、近藤は剣を振り下ろした。ギャッと尾長に似た悲鳴をあげて倒れた男をよけ、座敷に踏み込むと、浪士風情が車座になっているのが見えた。全員大刀を引き付けている。たちまち凄絶な斬り合いになった。総司も何人か斬ったが、攻める剣にはならなかった。ひたすら守る剣だ。奇妙な吐き気が幾度もこみ上げてきていた。それも目眩《めまい》に取り込まれて途中から定かでない。

よろよろと座敷を移ると、そこにもひとり男がおり、すかさず斬りかかってきた。体を反らし、半ば本能だけで剣を振り回した。目眩がますます強くなる。胃の腑を握り潰されるような不快を覚えた。刹那《せつな》、目の前が、真っ黒に転じていった。

気が付くと、辺りはすっかり静まっていた。薄目を開けたが、暗くてなにも見えない。肩を抱き起こした誰かの手の感触だけが、はっきりあった。

「総司っ。しっかりしろ」

癖のある甲走った声で、土方だと知れた。私は斬られたのかな、と思う。どこにも痛みはない。ただ、喉の辺りに粘つく湿り気を覚えた。手で拭うと、ベッタリ血が付いた。肺腑がぐさぐさする。総司の体は、このときはじめて喀血《かっけつ》を知った。


馬を牽《ひ》くか、それとも駕籠《かご》を出すか、と医者に行く段、土方は声を掛けてきたが、「たかだか本圀寺辺まで行くのにそんな大仰なことをしたら、私の病がみなに知れちまいますよ」と、総司は断った。血を吐いたら、かえって体が軽くなったようだ。碓井の診療所まで行くのも、いつもより難渋しなかった。

「しばらくは安静に。できればひと月ほどは寝ておられたほうがよろしい」

碓井は緩やかな笑みを浮かべ、代わり映えしない忠告を施した。が、その声は、深い淵《ふち》の底から発されているように総司の耳には響いた。

薬をもらって診療所を出たところで、偶然布来と行き合った。片手に瓜《うり》を提げている。

「今からですか?」

診療所を指して訊くと、布来はかぶりを振った。

「買いもの帰りに通りかかっただけ。あたしの家はすぐそこだもの」

楊梅通《やまももどおり》の先を顎でしゃくり、総司に瓜を押し付ける。

「ちょうどいい。うちまで持ってもらおう」

返事も待たずに歩き出した布来に仕方なく従う。ゆっくりした老女の歩調に合わせて行きつつ、それとなく隣を窺《うかが》った。布来の体はまた少し、薄くなったようだった。首は筋張り、面は血道を失ったような土気色だ。口元や眉間には深い皺が刻まれている。総司の視線に気付いたのかもしれない。布来は伸びをすると、

「どうも鬱陶《うっとう》しいね、御霊会の時期は」

と、異な事を口にした。京雀たちが一年のうちでなにより楽しみにしている祇園のお祭りが、彼女はひどく苦手なのだという。市中どこへ行っても騒がしく沸き立っていて、追い詰められるような心地になるのだ、と眉根を寄せた。布来がどんな意味で「追い詰められる」と言ったか知れないが、総司にはその言葉が身に迫って感じられた。総司もまた、常になにものかに追い詰められながら日を送っている。

「それにしても、あの碓井って医者はヤブだよ」

布来は顔を顰《しか》めた。白いほつれ毛が相槌《あいづち》を打つように頰の脇で揺れている。診療といっても、なるたけ静かに過ごせ、養生しろとしか言わない、薬だってろくに効きゃあしない、それなのにいっぱしに金はとる、きっとあたしたちゃ騙《だま》されてるんだよ――彼女は早口でそうまくし立てるのだ。

「や。そうだとしたら厄介だな。こっちは懐《ふところ》が寒いってのに」

総司は剽《ひょう》げて、肩をすくめた。碓井が「静養」としか言わぬのは、きっと労咳が不治の病だからだ。特効薬もなく、ただ死のときを先延ばしにするより術《すべ》がないからだ。

「だろう？　あたしには旦那様の残した金がたんまりあるから困らないが、あんたのような貧乏浪士じゃやりきれないだろうよ」

「貧乏浪士とはあんまりだなぁ」

「だって、そうじゃないか。背ばかり高いがそんなに痩せてちゃ、ろくに剣も振るえないだろう。仕官先だって容易に見つからないだろうよ」

得々として言って、布来は一軒の町家の前で立ち止まった。診療所より間口が広く、構えも立派だ。この辺りには珍しい海鼠壁《なまこかべ》で、外塀には竹矢来《たけやらい》が隙なく張り巡らされている。端正な住まい方が伝わってくるような家だった。門口には女郎花《おみなえし》が一輪挿してあり、開け放たれた格子戸の内に見える幅広の通り土間も浄妙に整えられていた。

いいお住まいだ、と言いかけた総司の目に、奥の薄暗がりから女が下駄を鳴らして出てくるのが映った。敷居を跨《また》ぐや女は、

「遅いやないの。どこで油売っとったん？」

と、剣呑《けんのん》な声を布来に投げつけ、訝《いぶか》しげな目を総司に向けた。

「これ、うちのやろ？」

女は瓜を指すや、呆気《あっけ》にとられる総司の手からもぐようにしてそれを取り上げ、礼も言わずに土間の奥へと消えた。

「うちの下女だよ」

布来は仏頂面になる。女は、歳の頃三十半ばだろう。身ぎれいにして薄く紅まで差していた。襟の擦り切れた木綿を身にまとっている布来よりも、贅沢《ぜいたく》な拵《こしら》えである。

「生意気な女でね。旦那様のいらした時分からの奉公人だから、すっかり我が物顔で。まぁ、あたしが娘のように甘やかしちまったのもいけないんだけどさ」

ふん、と鼻を鳴らしたきり、布来はなかなか家に入ろうとしない。総司に上がっていけとも言わない。通りでの立ち話は落ち着かぬし、誰が見ているとも知れぬから用心して、総司は「それじゃあ私はここで」と、一礼した。

その拍子に、不覚にも咳《せ》き込んだ。一度出だすとなかなか収まらない乾いた咳だ。総司は気恥ずかしさと焦りと情けなさとで、胸がいっそう塞《ふさ》がった。通りを行く者は忌み事を避けるように息を詰めて横をすり抜けていく。

その中で布来だけは眉ひとつ動かさず、黙ってそこに佇んでいた。ようよう咳が収まって、手拭いで口元を拭いながら「すみません」と総司が詫《わ》びると、彼女はひっそり言ったのだ。

「安心おし、呑龍」

布来は総司の両肘を摑んで、上体を起こすのを手伝う。

「誰しもいつかは必ず死ぬんだ。誰しもね」

そうして総司の乱れた襟元を、慈《いつく》しむように直した。

Ⅲ

黒谷の金戒光明寺から会津藩士が十名ほど、新選組に送られてくることになった。しばらく壬生の屯所で寝起きを共にし、残党狩りを手伝うという。

池田屋の一件は広く知れ渡り、壬生浪と蔑《さげす》まれていた新選組は一躍名を上げた。御公儀から報奨金が下るのではないか、と隊士たちは昂揚《こうよう》する一方で、京師に潜む勤王家が今回の件で憤り、暴挙に出ることを危ぶんでもいた。大事に至る前に過激勤王家を殲滅《せんめつ》せんと、市中巡邏を徹底することとなり、会津藩は助勢のため藩士を差し向けたのだ。池田屋の折、祇園の会所に援軍を出すのが遅れた罪滅ぼしさ、と局中には皮肉な声もいくつかあがっている。

送られてきた藩士の中には、柴司の姿もあった。彼はまず、池田屋の斬り合いで左手に深手を負った永倉を見舞い、総司には「ご活躍は伺っております」と両手をついた。血を吐いたことは、土方しか知らない。黒谷には、総司の剣で敵の多くが倒れたということだけが伝わっている。

「せっかくこうしてこちらにご厄介になるのです。この機に是非、沖田さんに稽古をつけていただきたい」

柴は、存外しつこい性分らしい。緊張の面持ちで言って、まっすぐな目を総司に向けた。他の藩士たちが顔を見合わせ、笑みを浮かべる。年若い者の純粋な熱意は、世慣れた男らの目には微笑ましく、また、どこか滑稽に映るものだ。

「そうだねぇ、そしたら今、少しやるかい？」

よほど驚いたのだろう。柴はぽんやり口を開いていたが、

「おい。返事のひとつもしろよ。珍しく先生がやる気になったんだ」

永倉に小突かれて、ようよう「はい！」と立ち上がった。顔中に笑みの花が咲いている。

前川の道場で、総司と柴は差し向かった。柴は平青眼《ひらせいがん》、体中に気魄《きはく》をたぎらせて総司を睨む。一方総司は、体の右側にだらりと竹刀を垂らしたまま。

「いいですよ。どこからでも打ってきてください」

のんびり声を掛けたが、柴はなかなか動こうとしない。いや、動けぬのだ。総司はおざなりに構えているように見え、そのくせ一分の隙もないのである。

長いこと睨み合ったのち、柴が竹刀を握り直した。息を強く吐くや「やぁっ！」と吠《ほ》

えて、総司のぽっかり空いた面に打ち掛かる。刹那、総司は滑るように半歩後ろに退き、同時に右から左へ竹刀を跳ね上げた。面を打ち損ねた柴の竹刀が弾《はじ》かれる。総司の竹刀はその反動を駆って弧を描き、がら空きになった柴の胴を目にも留まらぬ速さで突いた。柴の体が、後ろに一間《いっけん》飛ぶほどの鋭さだった。

床に転がった柴は、ゲホゲホと激しく咳き込んでいる。その音に、総司はしばし聞き惚《ほ》れた。なんて力強い音だろう。壮健な咳なのだろう。肺腑が強く息を押し出しているのがわかる。乾いた咳ではなく、潤いも帯びている。生きていく者の咳だ。自分はもう、こんな強靱《きょうじん》な咳をすることは叶《かな》わない。

「よかったな、柴。防具をつけてなかったら、今ので肋骨《ろっこつ》の一本や二本、折れてたぜ」

立ち合いを見ていた永倉が言った。柴は胸を叩いて咳を収め、

「まったく見えませんでした、沖田さんの太刀筋が」

と、泣きそうな顔でこぼした。総司に立ち合いで負けた者は、「参りました」と素直に言ったためしがない。たいがい、「なにが起こったかわからぬ」という不服面《ふふくづら》になる。きっと真剣勝負でも、斬られたほうは腑に落ちぬまま逝くのだろう。

「そりゃあ、そうさ。私の剣が君に見えるはずがないよ。だって君は構えたときに、私を見てたろう」

柴は首を傾《かし》げる。「はじまった、総司の禅問答が」と、永倉が茶々を入れた。

ろうとしちまうからね」
「いいかい。相手を見たら負けなんだ。その人の背後にある様々なものを、つい読み取
ろうとしちまうからね」
「……相手の身分や御家のことを思って、情が生じる、手加減が加わるということでし
ょうか？」
恐る恐る訊いた柴を、「君は人がいいねぇ」と、総司は一笑に付した。
「そこまで考えちまうようなら、斬り合いじゃなくて話し合いでもしたほうがいい。そ
うじゃあなくてさ、相手がどの程度の腕か、どれほど修業をこなしてきた者か、見た目
で判じようとするだろう。齢《よわい》や風貌、立ち姿や構えを見定めて、太刀筋を読み取ろうと
する。こいつが存外誤るんだよ。どうしても、これまで自分が経てきた立ち合いをもと
に、似た者を当てはめて考えちまうから偏りが出るんだ」
「そうでしょうか？　私は、まず相手をよく見よ、と教わりましたが」
柴は不得要領な顔である。
「それもまぁ一理あるが、しかし剣客というのはひとりとして同じじゃないからね。そ
れに人は見掛けにゃよらないよ。たとえば、この永倉さんはどうだい？」
剣の腕を賞されると思ったのだろう、永倉が揚々と首を伸ばした。
「こんな悪相だが、存外いい人なんだ。ね、見た目じゃわからんだろう？」
柴が口元を緩め、永倉は「なんだと」と歯を軋《きし》ませた。

「立ち合いのとき、本当に見なけりゃあならないのは、切先《きつさき》だ。敵の刃だ。そこには、偽りない太刀筋が表れる。どう出るか、敵の意思も宿る。人が剣を操っているのじゃあない、剣に人が引っ付いていると思って臨んだほうが間違いはないよ。切先に集中して、他はなにも考えずに真《ま》っ新《さら》な気持ちで挑むことだ。情や憎しみを排すのはもちろんだが、これまで経てきた斬り合いをもとにした見立てというのも、剣を交える上では邪魔でしかないからね」

総司は、竹刀を稽古場の壁にかけ、代わりに大小を腰に差した。「もう終《しま》いか」と永倉が言うのを、「少し動いたら、腹が減っちまって」と、受け流した。喉の、ずっと奥のほうが痛痒《いたがゆ》い。

「お前はまったく、根気ってものを知らない男だねぇ」

永倉の呆《あき》れ声を背に聞きながら、総司は足早に表に出た。いくつか深呼吸をすると、幾分楽になった。

八木の邸《やしき》まで戻って、ふと立ち止まる。楓《かえで》の木の陰で佩刀《はいとう》の加州清光《かしゆうきよみつ》を抜いた。刃こぼれは研ぎ直したが、人を斬ってまだ日が浅いせいで刃は不穏な光を帯びている。総司は、宙に向かって勢いよく突いた。当然ながら手応えはなく、ただ、向こう側に吸い込まれてしまいそうな心許《こころもと》なさばかりが伝わってきた。

長州人が多勢集まって密談をしている、と奉行所から報せが入ったのは、池田屋の一件より五日が経った六月十日のことである。近藤は、武田観柳斎に指揮を命じ、隊士十五名、屯所に詰めている会津藩士五名を送り込んだ。場所は、清水寺《きよみずでら》の参道、産寧坂《さんねいざか》の途次にある料亭・明保野亭《あけぼのてい》である。

総司はこの日、朝から熱を出して自室で臥《ふ》せっており、一隊が東山に向かったことも知らずにいたのだが、夜半、馬のいななきで目を覚ました。ものものしい足音が、蒸した夜暗をかき回している。半身を起こし、障子を開けて顔を出す。八木家の庭で隊士らになにごとか命じていた土方に声を掛けると、切れ長の目がこちらを捉えた。研ぎ上げた刃のような光が宿っている。思いがけぬ困難に対したときの、緊張と昂揚が入り交じった土方の目だった。

「なにか、まずいことが出来《しゅったい》しましたか？」

総司の口吻《こうふん》は変わらない。危うきを悟っても、暢気《のんき》に世間話をするふうである。

「ああ。ちょいとな」

土方は答えを濁しつつ素早く座敷に上がり込み、障子を閉めると声を潜めて経緯《いきさつ》を告げた。

事は、明保野亭で起こったらしい。武田率いる一隊が駆けつけたとき、店の中では確かに長州人らしき男たちが会合を開いていた。武田は表に三名見張りを置き、残り十七名で茅葺《かやぶ》きの門をくぐるや、「御用改めである」と大声をあげた。

「きっと池田屋のときの近藤さんの真似ですよ」

総司が笑うと、土方は「話を混ぜっ返すな」と渋面を作った。

密談の場は二階であった。一同階段を駆け上がり、二手に分かれて座敷の表と裏を固めた。討ち損じが出てはならぬと、武田は一階にふたり会津藩士を置いている。このうちのひとりが、柴司だった。

すぐに二階は騒然となったが、池田屋の折のような斬り合いには至らず、客は大人しく詮議に応えているようだった。そのとき「窓から逃げた！　仕留めろ」と、武田の声が降ってきたのだ。柴が急いで表に出ると、浪士がひとり垣根沿いに逃げていくところである。柴は迷わず追った。この日の得物《えもの》は槍《やり》である。塀際に追い詰められた浪士が、くるりと柴に向き直る。抜刀してなにごとかをわめいた。柴はその空いた胴に向けて、思うさま突きを入れた。致命傷にはならなかったが、浪士は腰に深手を負った。

「そうですか、柴君のお手柄ですか」

安穏と応じた総司に、土方は顔を曇らせた。

「いや。それが手柄じゃねぇんだ。柴が突いたその男、麻田時太郎《あさだときたろう》といって、土州の歴《れっき》とした藩士だった」

「土佐藩、ですか……」

長州は今や倒幕を視野に入れた勤王を主意としているが、土佐は御公儀と天朝が共に政《まつりごと》を行うとする公武合体を藩意としている。つまり会津、薩摩と結ぶ立場にある。

麻田が担ぎ込まれた土佐藩邸は、当然ながら大変な騒ぎとなった。ただ酒を飲んでいただけで、いわば同志に討たれたようなものなのだ。土佐藩士らは、京都守護職本陣の黒谷に攻め入ろう、いやそれよりも新選組屯所に討ち入るべきだと、手に手に得物を取って立ち上がる。

この報せを受け、壬生の屯所も門を固めた。見張りを各所に立たせ、十匁筒《じゆうもんめづつ》にも弾を込めた。しかし、過激勤王家を京から一掃せねばならぬこの時期に、手を携えるべき土州と会津藩お預かりの新選組が一戦交えるわけにもいかない。出方を判じかねていたところへ、会津公用方が馬で駆けつけ、土佐藩士の騒ぎは入京していた藩家老がなだめて収まった、と伝えた。会津は明朝にでも土佐側に陳謝し、麻田に見舞いを出すという。ただ、気性の荒い土州人が意を翻《ひるがえ》して押しかけて来ぬとも限らぬから用心だけは召されよ、と公用方は告げたそうである。

「柴君は？　黒谷に戻りましたか？」

「いや。屯所にいる。武田らとこっちに引き上げてきたんだ。土州の奴《やつ》らは柴を狙うだろうから、今、外に出すのは危うい。今宵《こよい》は門を固めて、明朝公用方と共に帰す」

「去年の八月十八日みたようですね」

一年ほど前、御所の御門を夜通し守った折のことを思い出して総司が面をくつろがせると、土方は眉をひそめた。

「笑いごとじゃあねぇぞ。会津侯にも気を揉《も》ませちまったんだ」

日頃は新選組副長として改まっている土方も、総司とふたりきりだと日野で石田散薬を売り歩いていた時分のくだけた言葉遣いになる。新選組は隊士の多くが百姓や商人の出である。総司も白河《しらかわ》藩士の子息として生を受けたが、父が早くに亡くなったこともあって、士道なるものがうまく摑めず、戸惑うことが再々あった。

だからだろう。この明保野亭の一件もどこか楽観していた。会津侯が土佐の藩家老に詫びれば、万々丸く収まるだろうと信じていたのだ。

翌朝早く、柴が総司の部屋を訪《おとの》うた。これから黒谷に戻るという。新選組は夜通し門を固めたが、土州も落ち着きを取り戻したらしく、結局なにも起こらなかった。それでも柴は、ひどく沈痛な面持ちである。

「私の失態でこちらにもご迷惑をかけまして」

息苦しげに言って、うなだれる。

「失態じゃあないさ。斬り合いで機先を制すのは大事なことです」

「しかし、相手がなにか言っていたのを私は聞かなかった。麻田殿はあのとき、氏素性を語っていたのやもしれません」

「土州や薩州の訛《なま》りはきついからね。私だって奴らがなにを言ってるのかわからないよ」

冗談口を叩いても、柴は大きな体を縮め、硬い表情を崩さない。

「あの切先は……麻田殿の切先は、確かに私を斬ると訴えておりました。ひどい殺気を帯びていた。躊躇《ちゆうちよ》したらやられると思った。それで私は……」

ぽたぽたとしずくが垂れるようにつぶやいてから、「しかし、その判じが正しかったかどうか」と、唇を噛《か》んだ。

「君がそう感じたなら、それが正しいんだ。剣は偽らないからね」

総司が言うと、柴は顔を上げた。「そうでしょうか」と、遠慮がちに返したその総身にわずかだが精気が戻っていく。隅々にまできれいな血が通った体だ。一点の曇りも見えない壮健な体軀《たいく》だ。柴の前にはただ、生だけがあるのだ。

「沖田さん。また、稽古をつけてください。私はもっと強くなりたい。確かな使い手になりたいのです。今は黒谷に戻って、まずお咎《とが》めを受けねばなりませんが」

柴が頭を下げる。

「なに、もう土州も収まったようだし、その麻田　某《なにがし》というのが快癒すれば終わることだ。黒谷でも修練をして、次は私を打ち負かしてください」

笑顔を向けると、柴も笑みで返した。沖田さんから一本取るのは毎日欠かさず修練しても何年掛かるか、と遠い目をして鬢《びん》を掻《か》いた。

ところが事態は、思わぬほうへ急転する。

土州の麻田時太郎が腹を斬ったのである。

傷を治して柴を討たんと目論《もくろ》んでいた麻田だが、この暑さの中、持ちこたえられずに命を落とすことになっては武士の恥だ、ならばその前にと意を決して自刃した、というのが新選組にもたらされた報だった。

「なに、上からの命さ。御用改めに入られて逃げ出した上、斬られたとあっちゃあ、士道不覚悟もはなはだしい。他の藩士に示しがつかぬとして、詰め腹斬らされたのだろう」

これは永倉の見立てである。彼は松前《まつまえ》藩の出であるから、士道を肌で解している。

「会津はどう出るか。これで、ただじゃあ済まされなくなった」

夕餉《ゆうげ》の席で差し向かった永倉は言って、小魚の焼いたのを頭からバリバリ嚙み砕いた。

総司は二日ばかり寝込んだあとで腹も減っていなかったが、粥《かゆ》を炊いてもらい、梅干しを混ぜて啜《すす》っている。

「柴君は謹慎にでもなりましょうか？」

訊くと永倉は咀嚼《そしやく》を止めて、目をしばたたかせた。

「謹慎なぞで済むもんか。事によっちゃあ、重い処分が下る」

「しかし、逃げたのは相手でしょう？　柴君の判じはなにも間違っちゃいない」

「そうだとしても、土州は腹を斬らせてるんだぜ」

「だからなんです？　それは土州の中での話でしょう？」

「そういうわけにはいかんのさ。こいつぁ藩と藩とのやりとりだ。会津と土佐が刃を交えて、会津が土佐に手傷を負わせた。土佐は自らの不覚悟を恥じて腹を斬った。となれば、会津はどうする。誤って相手を傷つけた者を無罪放免とはいかんだろう。土州の手前、麻田と同じ責めを柴に負わせるよりなくなる」

「まさかっ」

総司は粥の椀《わん》を乱暴に置いた。

「そんなおかしな道理はありませんよ」

「お前にはおかしく思えても、藩と藩ってのは、そういう釣り合いで成り立ってんだ。会津は今、土佐の機嫌を損ねたくないはずさ。長州と戦うにも、御公儀をお護《まも》りする上でも土佐のような雄藩は味方につけておきたかろうさ」

会津の公用方が屯所を訪れたのは、この半刻のちである。早速、八木の奥座敷で話し合いがもたれる。近藤、土方に加え、永倉と沖田も座に加わった。

だが、話し合いといいながら、公用方は藩内の混乱を伝えるばかりなのだ。曰《いわ》く、当初は柴を国送りという形で罰しようとしていたこと、しかし麻田が腹を斬ったとあってはそれでは済まぬと重臣たちからも意見が出ていること、会津侯は処分を下しかねているということ——。

柴は新選組の助勢として明保野亭へ出向いたのである。それだけに近藤は「当方こそ責めを負うべき」と申し出たのだが、歴とした藩士ではない「会津藩お預かり」の身分で、土佐という雄藩に対して負える責などないのである。

「柴は我が藩にとっても得難い人材にて、おめおめと失うことは断腸の思いではございまするが」

公用方は唇を噛んで、言い淀《よど》んだ。場が黒々と沈黙する。

「待ってください」

総司はたまらずにじり出た。

「それは、柴君も腹を召すと、そういうことでしょうか。会津様がさようなご決断を？」

「いや。殿はなんとも」

「それじゃあ、腹を斬らずともよいのですね」

総司、控えろ、と近藤がたしなめる。

「ただいま柴の身柄は、兄の柴外三郎なる者に預けております。兄弟で話し合い、いずれ当人がなにかしらの決断を下すこととなりましょう」

公用方は、奥歯に物が挟まったような返答しかしない。

「そいつは、妙だな」

総司の口振りが、険しくなる。

「それは柴君が自ら決して、腹を斬るのを待っているということですか。どうせ、その兄さんとやらには、藩のために命を差し出せとでも言い含めてあるのでしょう？」

「おい、総司っ。いい加減にしないかっ！」

破鐘《われがね》のような近藤の声が障子を震わせた。どうぞお静かに、と公用方が辺りを憚《はばか》った。

会津にとっても柴の件は、内々に処断せねばならぬことなのだ。けれど一旦堰《せき》を切った総司の口は容易に止まりはしなかった。

「藩にとっても柴君は大事なお人なのでしょう？　そんな人を、他藩のために失うってのはおかしな話だ。だいいち柴君は悪くないですよ。土州の麻田某が斬りかかってくる構えだったんです。だから柴君は応じたんです。そもそも後ろ暗いことがなけりゃあ逃げたりしない。柴君はなにも間違っちゃいない」

「さような、童《わらべ》の喧嘩《けんか》のごとき道理を持ち出されても話にならん」

公用方は憤然と総司の声を断ち切った。「申し訳もございませぬ」と近藤が平伏し、傍らの土方は顎を上げて公用方を見遣《みや》った。背筋が寒くなるような目つきであった。

「万事、会津様にお任せいたします。我らはそれに従うのみにてございます」

近藤が場を繕う。

「かたじけない。柴のこと、定まりますれば改めて」

公用方は言って、腰を浮かした。それよりも早く、総司が畳を鳴らして立ち上がる。

傍らに置いた大刀をとって言い放った。

「柴君が腹を斬るなら、私が介錯《かいしやく》しますよ」

公用方が凝然と総司を見上げる。

「どうです、私ほど介錯が巧《うま》い使い手も、そうはいないですよ。首の皮一枚残してコロリと前に落とすもよし、お望みなら切腹を御覧になる会津様の御前まで首を刎《は》ねて飛ばすことだってできましょう」

お前、なにを言ってるんだ、と永倉が総司の腕を摑んで座らせようとする。その手を振り払い、総司は一歩踏み出した。

「柴君は、まだまだ生きる人だ。生きられる人だ。それを藩同士の意地の張り合いで詰め腹斬らせるってんですから、そのくらいの芸当に仕立てたって構わないでしょう。お好みのように首を刎ねますから、私をお連れくださいよ」

「この痴《し》れ者がっ！　芸当だと？　政は遊びではないのだぞっ」

公用方のこめかみの血道が波打っている。近藤が泡を食って尻を浮かす。

「こんなものを政っていうなら遊びと一緒だ。芸当のほうがよっぽどマシです」

鋭く吐き捨てた総司を阻《はば》むように、土方がずいと進み出た。

「ご無礼の数々、面目次第もございません。明保野亭一件の御処断、会津様の御一存にて宜《よろ》しくお取り計らいのほど御願い申し上げます」

公用方が勢い込んで立ち上がる。総司に呪わんばかりの目を向けるとバサリと袴を翻し、大股で部屋を出ていった。総司はそれを見届けてのち、

「土方さんは、もうすっかりお武家だな」

と、言わでものことをつい言った。

柴司はこの翌日、黒谷で腹を斬った。介錯は兄の外三郎が引き受けた。武士らしい立派な最期《さいご》であったと聞いて、総司はこのときはじめて武士というものの寄る辺なさを思った。

十三日に行われた柴の葬儀には、土方以下五名が赴いた。近藤は金百疋《ひやっぴき》を香典として持たせた。出がけに土方が「お前も行くか？」と声を掛けてきたが、総司は首を横に振った。ひとり縁側に寝転んで、水を打ったばかりの庭を眺めていると、同じく居残った永倉が隣に腰を下ろした。

「ここは幾分、涼しい風が来る」

作り物の明るい声を出してから、低く続ける。

「あのときは、近藤も土方もああするしかなかったろう。あれが、新選組の置かれた立場だ」

総司は応えない。剣の道を極めるのに、各々の立場なんぞ些末《さまつ》なことだ。

「柴は好漢だったが、あのときはもしやすると見誤ったのかもしらんぜ」

首を起こして、永倉を見た。彼は、庭の木々を仰いでいる。

「敵の切先で出方を判じる――その道理はなにひとつ間違っちゃいない。だが、それができるのは、飛び抜けて剣の才がある者だけだ。真を見抜く、一瞬ですべてを見極めるということは、誰にでもできることじゃあない」

永倉は胸を反らして息を吸い込み、野太い音を立ててそれを吐き出した。総司のほうは見ずに静かに立ち上がり、ゆるゆると遠ざかっていった。

総司は身を起こし、庭に向かって居住まいを正した。蜩《ひぐらし》が鳴きはじめる頃まで、まるで塑像《そぞう》のように身動きひとつしなかった。

「しばらく、ここで休んでいってもよろしいですか？」

久方ぶりに碓井の診療を受けた昼下がり、総司は控えの座敷を指して訊いた。「無論。

お気の済むまで」という答えを受け取り、誰もいない座敷の隅に身を預ける。もうすぐ布来が薬を取りにくるのだと碓井から聞いて、妙に話をしたくなったのだ。

四半刻ほど待ったところで、格子が乱暴に開いて布来が現れた。総司を見つけると、「おや、これは久しゅう」と小腰を屈《かが》め、「先生様よ、薬の御代、お持ちしましたよっ」と、奥に向かって胴間声を放った。

布来と連れ立って診療所を出る。この日も老女の口は、止めどなく愚痴を垂れ流した。近頃は物騒だ、どれもこれも壬生浪が池田屋で騒ぎなんぞ起こすからだ、長州様が怒って京に攻めてくるって噂《うわさ》じゃあないか、そんなことになったらあたしゃあ、とっとと江戸に帰るよ、あっちじゃ息子たちが立派に一家を構えているからね――布来は楊梅通を行きながら、息を切らして話を継いでいたが、四つ角ではたと足を止めて総司に向き直った。

「呑龍。あんた、あたしを待ってたのかえ」

いつまでも黙ってついてくる総司を、不審に思ったのだろう。

「いえ、別にそういうわけじゃあ。私も六条のほうに用向きがありますので」

出任せを言って笑みを作る。

「随分、頼りない笑顔だねぇ」

布来は片眉を上げ、

「どうだえ、少し川端でも歩くかえ」

言うと、総司の返事を待たずに西洞院川《にしのとういんがわ》へ足を向けた。川の流れに逆らってそぞろ歩きながら、彼女はなにを思ってか、死んだ夫の話をはじめた。

「あたしは果報者だよ。あの人は先に逝っちまったが、あたしのことを心底大事にしてくれたもの。剣の道でも師範格、その上知恵者でね。上の方からの覚えもめでたくて、出世頭だったさ。逞《たくま》しくて背丈も高かった」

布来は、少し後ろに付き従う総司を見上げた。

「そうさね、丈は呑龍くらいあったかね。でもあんたと違って白皙《はくせき》の美男だったよ」

と、小鼻をうごめかす。

布来はふたりの男の子を産み、今はふたりともが江戸住みなのだと言う。息子たちからは、こちらに来て一緒に暮らそうと年に幾度も便りが届くが、夫と住んだこの地を去りがたく、下女とふたり、京に残っているのだそうだ。

布来の夫がどうして死んだか、彼女は言わなかった。総司も訊かない。ただぼんやりと、柴司の面差しを思い出していた。あの若者にも将来《さき》を約束した女人《によにん》がいたかもしれぬ、とはじめて彼の背後にあったものを想《おも》った。

「あの人の墓もこっちにあるだろう。それも守らなけりゃあならないし」

川を覗き込んで、布来はつぶやいた。

「お寺はどちらですか？」

詮索する気はなかったが、話の流れで総司が口にした問いを、布来は曖昧に受け流した。きっとそこは、彼女だけの大切な場所なのだろう。

「墓ってのは不思議なもんでね、いつ行っても温かいんだよ」

「温かい？」

「ああ。墓石に触ると、人肌の温《ぬく》みが伝ってくるんだ。きっと、魂が宿ってるんだね。死んだって、生きてるんだよ」

総司は返事をしあぐねた。墓石に触れたことはない。そもそも人の死に対してなにかしらの感慨を抱《いだ》くことすら、これまでなかったのだ。

死は、ただ無である。

だから人を斬ってもなにも感じなかった。血刀を懐紙で拭ったあとすぐに、飯をかき込むことが平気でできた。自分が労咳病《やみ》だと知るまでは、そうやって生きてきた。

「死んでも、生きている……」

布来の言葉を喉の奥で繰り返す。

「そうだ、なにひとつなくならない。あたしが、あの人を慕っていたことも。あの人があたしをなにより大事にしてくれていたことも」

総司は、小石をひとつ川に蹴り込んだ。波紋が広がって、川面《かわも》に映ったふたりの顔をかき消した。

　烏《からす》が遠くで鳴いている。布来は身を起こし、曲がった腰を軽く叩いた。

「呑龍、あんた、いい人はいないのかえ」

「はあ。なかなか……」

　隊士らにはたいがい、馴染《なじ》みの妓《おんな》がいる。休息所に女を囲っている者もある。だが総司は島原や祇園で遊ぶのがどうも苦手であったし、これまで深間になった女もいなかった。

「早く見つけることだ。縁者があるというのは心強いものさ。自分を解してくれて、大事に想ってくれている人があるってのは、なにより強い」

　総司は頷《うなず》いた。江戸にいる姉を思って、まったくその通りだと素直に思えたからだった。

「いつか、私にもいい人ができるかな」

　川に向かって訊くと、布来はけたたましい笑い声を立てた。

「蓼《たで》食う虫も好き好きというから、きっとそのうち現れるさ」

　そう言って、総司の痩せた肩を叩いた。思いがけず、強い力だった。

Ⅳ

布来は、この日から三年近くを生きた。

禁門《きんもん》の変で出た火で京が丸焼けになっても難を逃れたのに、労咳は意地悪く彼女の内に居座って、その体を容赦なく蝕《むしば》んでいったのだ。

碓井の診療所で、布来が死んだと聞いたのは、慶応三年四月のことである。新選組が池田屋で手柄を立て、御公儀からの報奨金に小躍りしていたあの頃とは、時勢も大きく変じている。家茂公に続き、孝明天皇が崩御《ほうぎょ》した。公武合体を唱えていた薩摩や土佐までもがいつの間にか長州の側に傾いているらしく、倒幕の動きが盛んになっている。新選組は所帯を大きくし、壬生を出て西本願寺《にしほんがんじ》に屯所を移した。けれどこのまま隊が続いていくとは、総司にはどうしても思えなかった。それは時勢のせいばかりでなく、病が前より進んだことが係《かか》り合っているのかもしれない。

布来のことを聞いたその足で、総司は楊梅通の町家に赴いた。線香の一本もあげさせてもらおうと思ったのだが、門口に現れたいつぞやの下女はあからさまな迷惑顔を向けてきたのだった。

「そう言わはってもねぇ、位牌《いはい》もあらしまへんし」

女は、総司の上から下まで見遣ってから、

「お武家はん、あの婆さんとどないな関わりがありますのや?」

と、さも疑わしげに訊いた。診療所で会って、と言いかけて、総司は口をつぐんだ。自分も同じ病だと、わざわざ知らせることもない。ふと、布来の夫の話を思い出し、出任せを言った。

「お布来さんのご亭主に、昔お世話になったものですから」

誰に仕えていたかは知らぬが、武家同士ならば他藩であれ交わりがあってもおかしなことはない。けれど、女はいっそう顔を曇らせたのだ。

「亭主? 婆さんの?」

「はい。剣術なども教えていただいておりまして」

「へっ」

と、女は出掛かったくしゃみが引っ込んだような声を立てる。

「誰かと勘違いしてやおへんか? お布来っちゅうあの婆さんにはな、亭主なんどあらしまへんえ。誰ぞと一緒になったことは一遍もないはずや。身寄りがないさけ雇うてくれと、うっとこへ来たんやし。うちのお義父《とう》さんお義母《かあ》さんが情に厚いお人でな、あんまり頼み込むさかい、詮無《の》う下女にして置いたったんえ」

置いてみると布来は、炊事も掃除も器用にこなし、自分の身なりには構わぬ割に、家のことは隅々まで行き届いた仕事をするので一家は重宝した。だが、女の義父母、つまり女の亭主のふた親が亡くなったのを潮に、布来には暇を出したのだという。亭主は、人が好《よ》すぎて厄介ばかり背負い込んでいたふた親の生き方を快くは思っていなかったし、女もまた、余計な奉公人を置くことに否やを唱えた。子のない夫婦ふたりきりの所帯では、家事などいくらもなかったからだ。

「せやけど婆さん、梃子《てこ》でも動かんでな。他に行くあてがない、精一杯ご奉公するから言うて。終いにこっちが根負けしたんや。まぁうちも身代は困っとらんかったしな」

ところが、数年前から布来の仕事に粗《あら》が目立つようになった。以前は廊下の角まで拭き清めていた雑巾掛けにムラが出た。煮炊きの加減もたびたびしくじるようになる。休み休み仕事をするから刻も食う。もっと手際ようやりぃ、と叱ると、布来は抗弁もせず不満げな顔さえ見せずに頭《ず》を低くして詫びるのだが、同じしくじりを繰り返す。

「妙やな思うてたら、あの病や。治らんやろから放り出すわけにもいかんで、仕方のう死ぬまで置いたったんや。うちの人は、わしは親譲りのお人好しで損しとる言うて悔やんどったわ」

総司は、まるで茶飲み話をするように布来の死を語る女の顔を、信じがたい思いで見詰めた。女が「なんえ?」と、薄気味悪そうに肩を引く。

「しかしお布来さんは、江戸にご子息がいらっしゃると仰《おつしや》っていましたが」

「そんなん嘘《うそ》や。一遍も所帯を持ったことがおへんのに、なんで子があるんや。まぁ、てでなしごでも産んだゆうなら話は別や。けどそうやとしても、とうに里子に出しとるやろうしなぁ」

女は、目尻を憐《あわ》れみの形に下げ、口元にいびつな笑みを浮かべた。まんまと布来の騙《かた》りに引っかかったことを嗤《わら》っているのだろう。

「まぁな、あの婆さんは私らにもだいぶ空言《そらごと》を言うてたからなぁ。まぁず、ほんまのことを言わんで、身の上話ひとつもごまかしてばっかりや。女郎ゆうのは、ああして世を渡っていくんやなぁ」

意が汲《く》めず首を傾げた総司に、女は内緒話をするように顔を寄せた。

「なんでも婆さん、女郎上がりらしいで。お義母さんが一遍、膝突き合わせて正真な素性を訊いたそうや。そしたら婆さん、泣いて打ち明けたと。はじめは吉原《よしわら》におったようやけど、蹴っ転ばされて売り買いされて、ここまで流れてきたんやて。まぁそう考えたら、ようあの歳まで生きたわ。大往生や」

総司は早々に女の家をあとにした。去り際に埋葬先を訊くと、久遠寺《くおんじ》さんの無縁塚に入れましたわ、と女は鍋釜でも捨てた話をするようにぞんざいに答えた。

屯所に戻って下駄を脱いだところで、廊下を大股でやって来た土方と行き合った。壬生の頃よりぐんと風格が出て、大髻《おおたぶさ》に結った黒々とした髪や唐桟《とうざん》の袴、隙のない所作も相まって、本物の大名のようだ。隊士の中には、「土方さんは会津侯より殿様らしい」と、罰当たりなことを言う輩《やから》もいる。

「おお、総司。巡邏の帰りか。ご苦労であった」

土方は、わざわざ辺りに響き渡る大声で言った。この男は嘘が下手だ。総司が診療所に行ったことを他の隊士に気取《けど》られまいと、小芝居を打っているのが見え見えだった。頬がすっかり痩《こ》け、鎖骨の浮き出た総司の姿に、隊士たちはとうにその病を察しているというのに。

「土方さんは」

と、総司は懐手して、この昔馴染みを覗き込む。

「呑龍という舌耕芸人をご存じですか?」

土方は、また総司が妙なことを言い出した、と呆れたふうに眉をうごめかし、

「知らん」

と、答える。

「私も見たことはないんですが、なんでも私にそっくりなんですって。舌先三寸でしゃべるところが」

土方は頬に笑みを浮かべて、

「なるほど。そいつぁ見てみてぇな」

と、くだけた口振りで返した。久しぶりに見たその笑みにつられて、総司は言葉を継ぐ。

「墓石ってのは触ると温かいっていうけど、本当かな。ちゃんとその人の魂が宿ってるから温かいんだって。私は触ったことがないが、そういうものなのかなぁ」

急に土方の顔がこわばった。烏合《うごう》の衆をまとめ上げるために、幾人もの隊士を粛清してきたのが土方なのだ。

「知らん」

鋭く言った。

「俺たちには、関わりのないことだ」

総司はそれから間もなく、壬生の光縁寺《こうえんじ》に一基の墓を建てた。使いの者を頼んで、久遠寺の無縁塚から布来を引き上げ、そこに埋葬し直したのだ。住職には沖田総司の縁者なのだと、それだけを言伝てもらった。

六月には、隊士十二名を連れて新選組から分派した伊東甲子太郎《いとうかしたろう》が東山の高台寺塔《たっ》頭《ちゅう》月真院に屯所を構え、その二日後には新選組隊士全員が幕臣へ取り立てられることが決まった。が、それを素直に喜んだのは近藤くらいで、局中には「こんなにたやすく我らが御公儀にお取り上げになるということは、幕府の屋台骨もいよいよ危ういのかもしらん」という不安の声が行き交った。

朝から小糠雨《こぬかあめ》の降る日、総司は思い立って屯所を抜けた。番傘に身を隠し、壬生へと入る。幸い、辺りにひと気はない。八木や前川の人たちに会うのは今日に限っては避けたかったから総司は安堵《あんど》して、光縁寺の境内に足を踏み入れた。本堂の脇を抜け、亡くなった隊士らの墓の横を息を詰めて通り過ぎ、布来の墓前に立った。戒名が刻まれただけの小さな墓石が、慎ましやかに置かれている。

しゃがんで手を合わせた。ボツボツと番傘を叩く雨音が、身を刺し貫いて響いてくる。総司は長い刻、墓石となにかを語らうかのように雨の中にいたが、小さく息を吐くとゆっくり立ち上がった。

一礼して去りかける。そこで、つと足を止めた。

今一度、布来の前に戻った。

そっと手を差し伸べて、墓石に触った。

総司の口元が歪《ゆが》む。その口から、溜息《ためいき》のような言葉が漏れ出した。

「冷たいや」

後じさって、墓石から離れる。すっかり濡《ぬ》れてしまった手を強く握りしめた。爪が手の平に食い込んでいく。その鈍い痛みに、総司はすがりつこうとしていた。

春《はる》疾風《はやて》

I

島村屋《しまむらや》の君尾《きみお》が、明けてすぐ芸子に出るという噂《うわさ》は、烈風のごとく祇園新地《ぎおんしんち》の置屋という置屋を駆け巡り、界隈《かいわい》の芸子たちを震え上がらせた。

あの娘《こ》がおったらうちの出番はのうなる、と悲嘆に暮れる者もあれば、まだ十八や、見目はようても芸は生熟《なまう》れやさけ、と目一杯の虚勢を張る者もある。もちろんたいていの芸子衆は、そうした懊悩《おうのう》を胸の深くに仕舞っている。君尾がお披露目を終えるや、ほうぼうのお座敷から引っ張りだこになったと聞いても、「さよか。そら、仕合わせなことどすなぁ」と、涼しい顔で応えるだけだ。

幼い頃から水際だった顔立ちの娘だった。島村屋の主人である藤治郎《とうじろう》がひと目見て、「磨かんうちに玉になっとるおなごもあるんやな」と、うなったことも界隈ではよく知られた逸話である。長じてのちも、陶器のように白く、きめ細かな肌はそのままに、大きく澄んだ瞳とぷっくり膨らんだ唇は妖しい気品を帯びていった。清らかさと艶《なま》めかしさを備え、どこか物憂《ものう》げな翳《かげ》をもまとうその佇《たたず》まいに、初見の男たちは違《たが》わず魅入られた。

「京の水で洗われたっちゅうのは、君尾のことや」

客からそう褒められるたび、しかし君尾は見知らぬ女の話を聞かされている気になるのだ。生まれ育った丹波《たんば》の景色や、俠客《きょうかく》の父とふたり、息を潜めて暮らしていた山奥のあばら屋が浮かんで、世を謀《たばか》っているような恐れさえ抱《いだ》いていた。

「あんたなぁ、少しは愛想ようせなあかんえ」

姉芸子の菊島《きくしま》は、共にお座敷を勤めたあと、たびたび君尾をたしなめた。

「周りの芸子衆が言うように、うちはあんたがお高くとまっとるとは思わへん。まだ十八やさかい、旦那はん方に気後れするのは詮無いことや。話にもようついていけへんのやろ。せやったら、せめて笑みで応えな。あんたのような可愛らしい娘に笑《わろ》てもろたら、旦那はん方はそれだけで嬉《うれ》しいのやで」

へえ、と素直に君尾は頷《うなず》く。ほんまに優しいお姐《ねえ》さんや、としみじみ有り難く思う。ただ君尾は別段、親子ほど歳《とし》の離れた客たちに気後れしているわけではないのだった。むしろ男たちの、伸びきったうどんのようにだらしない様に呆《あき》れているのだ。

お座敷で彼らが口にするのは、自慢か弱音と相場が決まっている。その中身も驚くほど薄い。男たちの自慢話はとても他人様《ひとさま》に誇れるようなものではなかったし、苦労話はいずれも他人に救ってもらうほど深刻ではなかった。

菊島を贔屓《ひいき》にしている山野屋主人の道純《どうじゅん》にしてもそうだ。四条烏丸《しじょうからすま》にある老舗《しにせ》草紙屋に婿入りしたというこの男は、肩身を狭くして過ごさねばならぬ家への鬱憤《うっぷん》をすべて吐き出す勢いで愚痴を連ねる。人目も憚《はばか》らず菊島を抱きすくめ、体をべたべたと撫《な》でながら、「わしはここでしか生きとらんのや。店でのわしは世を忍ぶ仮の姿や。ほんまのわしはお前しか知らんのやで」と涙声ですがるのだ。これが、四十を過ぎた爺《じい》さんの分別かと思えば、男という生き物に愛想も尽きる。

おかげで君尾は十九になる頃には、すっかり芸子稼業に飽いてしまった。芸事も師匠が舌を巻くほど覚えが早く、和歌や茶道といった教養も身につけた。けれどいかに芸を磨いても、座敷では顔貌《きりよう》を讃《たた》えられるばかりで、誰も君尾の中身を見ようとはしないのである。

文久二年の秋にはじめて魚品《うおしな》という揚屋《あげや》から声が掛かった折も、だから君尾は「一見《いちげん》か。面倒やな」と内心愁嘆《しゅうたん》したのだ。新客と言い条、どうせこれまで出会った男たちと似たり寄ったりなのだ。取るに足らないつまらん男にも一応名が付いている。芸子はそれを逐一覚えてやらねばならない。

「魚品ゆうたら、長州様やなぁ」

菊島が眉をひそめた。魚品は縄手通《なわてどおり》にある料理屋で、近頃は主に長州藩士が使っている。ここ数年で京には随分、遠国の藩士が増えた。これもみな黒船が来たせいや、と置屋の男衆《おとこし》らがよく噂していた。

「長州様は、存外羽振りがええようやで。薩摩や会津に比べたら遊びも粋《いき》や」

主人の藤治郎がとりなしたが、菊島はいっそう眉間の皺《しわ》を深くした。

「せやけど所詮は都の作法を知らん田舎《いなか》のお方どす。せやし、お武家はんはなにをするかわからんさけ、怖いわ。なぁ、君尾」

へぇ、そうどすなぁ、と君尾は支度をしながら生返事を放る。怖い男なぞ、この世にいるのだろうか、と胸裏では首を傾《かし》げている。

この晩、魚品の座敷に出たのは、君尾と菊島、それから三味線を抱えた地方《じかた》である。北側の奥に設《しつら》えられた広間では、八人の男たちが盃《さかずき》を傾けていた。倦《う》むほど見てきた酒宴の光景なのだ。

――せやけど、なんや妙やな。

異様な気配を、君尾の肌が気取《けど》っていた。淀《よど》んで弛《たる》みきった平素の座敷とはなにかが違う。素早く男たちを見渡した。若いお侍ばかりだ。老人臭に満ちた商人たちの宴席と、それで勝手が違うのかもしれない。

いや、本当にそれだけだろうか。

「おのしが君尾か」

「噂にゃあ聞いちょったが、聞きしに勝る別嬪《べっぴん》じゃ」

藩士らが口々に猥雑《わいざつ》な声を放る中で、君尾はひとりの男に目を留めた。

彼は、周囲の騒ぎに我関せずといった白けた顔で肴《さかな》をつついている。小さな体に不釣《つ》り合いなほど顔が長い。目は鋭く吊り上がっている。

——なんや、薄気味悪い。

思うと同時に、鳥肌が立った。

「うちで一番の芸子ですよって、よろしゅうご贔屓に」

身を硬くして黙り込んでいる君尾に代わって菊島が愛想を使い、「そしたら一曲」と、地方が三味線を構えたときだった。

「一番の芸子か。ならば、おのしゃなにができよる」

やにわに声が投げられたのだ。舞に備えて扇を手に立ち上がっていた君尾は、声のしたほうを見遣《みや》って息を詰めた。末席に座したあの顔の長い男が、こちらを睨《にら》んでいる。

「ぼんやりしちょらんと答ええ。なにができるんかと、わしゃ訊《き》いちょるんじゃ」

言葉付きはきついが詰問のふうはない。むしろ好奇がその目に灯《とも》っている。

このとき君尾は、長らく身の内深くに仕舞い込んでいた己の剛気が爆《は》ぜた音を聞いた。目一杯背筋を伸ばし、気付けば男を見下す格好で声を張っていた。

「一通り、なんでもできますえ」

菊島が「な」と、頓狂な声をあげる。日頃なにごとにも控えめな妹芸子の啖呵《たんか》に、よ

ほど驚いたのだろう。一方で男は微塵《みじん》も動じず、

「一通りか」

吐き捨てるや、いびつに口角を吊り上げた。

「一通りっちゅうのは一番つまらん。そりゃあ、凡百の芸子とまるで一緒じゃ。なんかに秀でとらんと、おのしゃあ、生まれ持ったその顔貌に負けちょることになりよるぞ」

君尾は、男の顔に浮かんだ薄あばたを睨んだ。憤りが突き上げてくる。が、それより先に、得体の知れぬ喜悦が総身を駆け巡ったのだ。

――男っちゅうのは、鍋で炊かれた里芋みたいにどれも同じじゃ思うとったが……。

「顔貌に負けるわけがないじゃろう」

「おなごは美しけりゃあええんじゃ」

そう藩士らが囃《はや》す中、君尾は男の放つ奇妙な光を懸命に見詰めていた。

「高杉《たかすぎ》さんは、ようわからんことを言うけぇ、気にせんでな」

能面と化した君尾を案じてか、座のひとりが片手拝みをしてみせた。それを潮に、地方が三絃を奏ではじめる。場が緩やかに和んでいく。

――高杉。

君尾は舞いながら、その名を胸に刻んだ。当の高杉は、自分が言ったことなどすっかり忘れたといった顔で、盃を干している。

「そらぁおそらく、長州の高杉晋作《しんさく》様や」

祇園新地随一と名高い置屋を営むだけあって、藤治郎は名士や商人のみならず、どこで仕入れるものか、諸藩士の素性にも通じていた。

「お家柄のええお方やと聞くで。巷《ちまた》に湧いとる不逞《ふてい》浪士らと一緒にしたらあかん」

歳こそまだ二十四と若いが、明倫館という藩校きっての秀才で、藩主世子《せいし》公の小姓役を務めていたようだ、と藤治郎はそんなことまで知っていた。

「いずれ長州を背負《しょ》って立つ御仁や。悪い相手やない。せやけど高杉様は確か、井筒屋の小梨花《こりかなじ》が馴染みやったんとちゃうか。下手《へた》に手ぇ出すと拙《まず》いことになるかもしれん。どうしても、言うんやったら、わしが話をつけんでもないが」

藤治郎は、島村屋の稼ぎ頭である君尾に甘い。それがまた、他の妓《おんな》たちの妬《ねた》みの種になっているのだが、妓に陰でなにを言われようと君尾は痛くも痒《かゆ》くもなかった。

「考え違いせんといておくれやす。うちは高杉様に懸想《けそう》したのやおへん」

嘘《うそ》ではない。そもそも恋慕の情を君尾は未《いま》だ知らない。ただ高杉という人物に興味がある。明らかに非凡なものを感じるのだ。

それからも、幾度か魚品に呼ばれた。

長州藩士は菊島が恐れていたような無体はせず、藤治郎が言っていたように心付けを惜しまなかった。高杉は常に下座にあり、片膝を立てて黙々と酒を飲んでいたかと思えば、地方の三味線を奪って都々逸《どどいつ》を歌い、時には「腹はこうして斬るんじゃ」と脇差を抜いて周りを慌てさせた。男とは薄紙ほどの厚みもなく、すぐに底を曝《さら》すものだと思ってきたが、高杉の正体はようとして知れないのだ。

――うちは、なにに秀でたら、あの男に認められるのやろか。

高杉の言を気にしたつもりはなかったが、いつからか君尾はそんな思案をするようになった。藩士たちがしばしば熱く時勢の論を語り合うのを見て、政《まつりごと》に関心が向いたのもこの頃である。長らく閉ざされた暮らしをしてきただけに、君尾は世情について漠としか知らない。

爾来《じらい》君尾は、商人たちのお座敷に呼ばれると、進んで時勢の話に加わるようになった。菊島に頼み込んで山野屋道純から治世について書かれた書物を差し入れてもらい、置屋にいる間は欠かさず文机《ふづくえ》に向かうようにもなった。

「あないに愛想無しやったのに、なんや、人が変わったようやな」

菊島は気味悪がったが、商人たちは目尻を下げて君尾に講釈を加える。

「天子様に政をしていただこうゆう考えが、勤王や」

「先頃、和宮《かずのみや》様が徳川家にお輿入《こしい》れになったんも天朝と御公儀との折衝のようやで」

「長藩は勤王攘夷《じょうい》ゆう考えらしい。薩摩は公武合体と尊王攘夷で割れとる。四月に伏《ふし》見《み》の寺田屋でえらい斬り合いがあったやろ。あれが薩摩の仲間割れや」

「いずれにしても御公儀の弱腰外交が招いたことや」

商人たちはそこからさんざんに幕府の執政をなじるのだ。異人に言われるがまま国を開いて、市場を荒らされたらかなわんわ、と。彼らがこぞって鼻に皺を寄せるのを眺めながら、君尾は高杉と時勢の論を交わす様を夢想する。男と同等に政の話ができる妓なぞ他にはいない。うちは顔貌だけのおなごと違うのや――。

閏《うるう》八月に入ってすぐに呼ばれた魚品の座敷で、だから君尾は勇んで高杉の前に進み出たのである。今日こそ時勢の話をするんや、という内心の気負いが表に出ぬようゆるりと会釈し、徳利を手に、

「今宵《こよい》はずいぶん大勢お揃《そろ》いで」

通り一遍の礼謝から入った。すると高杉が案外なことを告げたのだ。

「そりゃそうじゃ。わしの別宴じゃけぇ」

君尾は思わず、喉を鳴らした。

「明日、わしゃ江戸に発つけぇのう」

一気に血の気が引く。

「そないなこと……お戻りは？　またお戻りにならはんのでっしゃろ？」

うちの中身を見てもらわんことには困る――泡を食って訊いた君尾に高杉は「お」と

眉を開いた。なにを思ったか、やにわに膳を横に除《よ》け、ずいと身を寄せてきた。徳利が倒れて、派手な音が立つ。周りの目が集まる。高杉は構わず、君尾の顎を掌《てのひら》で包み込むと、口でも吸いそうなほどに顔を近づけて、言った。

「惚《ほ》れたか、わしに」

低く囁《ささや》き、君尾の首筋から胸乳《むなち》までを目でなぞっていった。彼の体から放たれる途方もない妖気に、君尾の喉は干上がった。総身が緩んで溶け出していく。

――あかん。ここでほだされたら負けや。ただの男と女に成り下がる。

すんでのところで踏みとどまり、高杉の手を勢いよく払った。座が瞬時に張り詰めた。衆目集まる中で君尾は毅然《きぜん》として居住まいを正し、真《ま》っ直《す》ぐ高杉に言い放った。

「女がみな、惚れたはれただけで生きとる思たら、大間違いどすえ」

高杉はしばし惚《ほう》けたように君尾を見詰めていた。その目が次第に鋭さを帯びていく。

――斬られる。

背に冷たい汗が滑った。

と、彼はいきなりその場にひっくり返り、畳を叩《たた》いて笑いはじめたのだ。ぼんやりそれを見守る君尾に言った。

「傑作じゃ、君尾。おのしゃあ、なかなか見所のある妓じゃのう」

Ⅱ

井筒屋の小梨花は、高杉の江戸行きを聞くや「行かんで。行くならうちも連れていっておくれやす」と、泣きついたらしい。

――阿呆《あほ》な女やな。下手《したて》に出てどないすんのや。

君尾は胸の内で吐き捨てる。

「晋作は、そねぇな小梨花が可愛いんじゃろう。都々逸を作ったっちゅうで」

そう告げたのは、この年の暮れ、江戸から上京した井上聞多《いのうえもんた》という長州藩士である。

「『明けの鐘ごんと鳴るころ　三日月形の櫛《くし》が落ちてる四畳半』っちゅうんじゃ。晋作はああ見えて、女にはまめまめしいところがあるけぇ」

京で遊ぶなら君尾を呼べ、相手にとって不足無しじゃぞ、と江戸で高杉から教えられたのだ、と初会の席で井上は言った。剣術試合をするでなし、「相手にとって不足無し」とは妙な言いぐさだと君尾は訝《いぶか》しんだが、芸子衆と一緒に座敷をこなす中で井上の態度を見て得心した。

妓への美醜の線引きが、あからさまな男なのだ。顔貌が十人並みだと口を利こうともしない。曰《いわ》く、

「わしゃ金払《はろ》うて玄人《くろうと》を座敷に呼んじょる。そやから町娘より顔貌の劣った妓が来ると損をした気になるんじゃ」

一事が万事、算盤《そろばん》尽《ず》くで生きている男だった。その点、京商人よりえげつない。ただし井上の算盤は緻密《ちみつ》とは言い難く、世の間尺とも趣を異にしていた。たいがいは自らの好悪を基にした気まぐれで、その分愛嬌《あいきよう》がある。

「晋作は、腹の据わったおなごじゃと、おのしを褒めちょったぞ」

井上は、高杉の言をそのまま口説き文句に使う。あさましい男や、と普段であれば洟《はな》も引っかけないところだが、なにかにつけて高杉の話をする点は重宝した。

「あいつはこまい頃から、鼻っ柱が強うてのう」

高杉が十にならぬ頃だそうだ。正月に凧揚《たこあ》げをして遊んでいたとき、地面に落ちた凧を年賀の登城の途次にあった藩士に踏まれたことがあった。高杉はこの大人たちを呼び止め、「謝れ」と命じた。それ自体童《わらべ》とは思えぬ尊大さだが、藩士らが笑ってやり過ごそうとするや、彼は泥団子を作り「謝らんと、これをぶつけるぞ」と凄《すご》んだ。これからお城へ登る藩士たちは上下《かみしも》を身につけている。汚されてはかなわない。やむなく詫《わ》びて収めたというのである。

「そねぇな頭は滅法回りよるんじゃ」

井上の笑い声を聞きながら、似ている、と君尾は密《ひそ》かに思う。君尾もまた、筋の通らぬことが許せぬ質《たち》である。仮にそれが世の習いでも、合点のいかぬことに黙って従うのが我慢ならないのだ。幼い頃から、大人たちの為《な》すことに逐一懐疑を差し挟んでいたために、やくざ者の父までが「おなごがこう気難しゅうては仕合わせになれんぞ」と、手を焼いていた。

「そないなことやと難儀でしょうなぁ、生きてゆかれるには」

君尾はぽつりと本音をこぼした。

「人の世ゆうのは、追従《ついしょう》と気働きでのし上がった日和見《ひよりみ》が取り仕切るのが常どす。そないな世で筋を通すのは難儀や」

井上が盃を置いた。やにわに君尾の手を取った。

「そねぇな世はもう終《しま》いじゃ。わしら長州の手ぇで終いにしちゃるんじゃ」

年が明ける前に、君尾は井上聞多と深間《ふかま》になった。

これには祇園に棲《す》む誰もが驚倒した。名だたる大商人にも公卿《くぎょう》方にもなびかなかったあの気位の高い君尾が、こともあろうに田舎藩士の手に落ちた、と揚屋の男衆やお運びまでがかしましく言い交わしたのだ。島村屋の藤治郎は不機嫌に押し黙り、菊島も「まぁな、家格はそこそこ高いっちゅうけどなぁ」と、戸惑いを隠さない。

「そうはいうても長州様やし、井上はんはご様子も、まぁ、あれやしなぁ」

菊島の言う通り、妓の美醜にはあれほど厳しい井上だが、自身は顴骨《かんこつ》が張り出している上、出っ歯という、泥臭い面立ちなのだ。長州でも桂小五郎《かつらこごろう》や久坂玄瑞《くさかげんずい》などは、芸子たちの口に上らぬ日がないほどの美男で、彼らと並ぶと井上はいっそう見劣りがした。君尾とて惚れたわけではない。ただ少なくとも飽きのこない男であったし、なにより君尾を相手に藩情や時勢の話をしてくれる点ですこぶる役に立った。

「わしがこたび京に上ったんは、言ってみりゃあ逃奔なんじゃ」

雪が京の町を白く覆った晩、井上はうつぶせになって煙管《キセル》をくわえながら、つぶやいた。事が済んだあと、彼はとみに饒舌《じょうぜつ》になる。

「へえ。そうどすか」

君尾は襦袢《じゅばん》をまとい、手焙《てあぶ》りを引き寄せる。

「つい先頃、晋作らぁと一緒に品川の英国公使館を焼いたけぇ。そのまま東海道を辿《たど》ってここまで逃げてきたんじゃ」

これにはさしもの君尾も肝を潰した。幕府が建築していた英国公使館に何者かが火を付けた、という報は、京にも伝わってきている。生麦で異人が斬られたと思うたら今度は公使館や、どうせ不逞の仕業やろ、と京雀《きょうすずめ》たちが眉をひそめていたあの一件は、順々に聞けば高杉が指揮を執ったものだという。

「幕府にゃあ誰の仕業か知れちょらん。じゃが藩家老は下手人を掴《つか》んじょる。わしゃこの以前にも異国公使を襲おうとしてしくじって謹慎を食ろうちょるけぇ、次はどねぇなお咎《とが》めが下るかと今から気が重いんじゃ」

「気が重い」程度で済む話とも思えなかったが、君尾は動揺を呑《の》み込んで訊いた。

「他の方々にもお咎めが下らはるのんどすか」

高杉も処分されるのかと直截《ちょくせつ》に訊きたかったが、下手に勘繰られるのも厄介だから必死にこらえた。

「下士らは獄に繋《つな》がれるかもしれん。けど晋作あたりはどねぇかのう」

井上は束の間案じ顔を作るも、

「ま、晋作のことじゃ。なんとかしよるじゃろう」

と、あくびに混ぜて吐き出した。高杉が罰せられるかもしれぬというのに、井上の度を越した暢気《のんき》さには怒りすら覚えたが、君尾は努めて気のない素振りで言葉を継ぐ。

「高杉様は、ほんまに変わったお方やな」

男とは妙なもので、いかで気脈を通じた同志といえど、妓が褒めるのは面白くないのだろう、次第にその人物を話題にしなくなる。反対に、「ようわからんお人やな」「おかしな方や」と軽んじてみせると、熱っぽく人となりを語るのである。

「晋作は変わっちょるゆうんとは、違うんじゃ」

案の定、井上は朋輩《ほうばい》を讃えはじめた。

「時勢もよう見ちょるし、考えもまともじゃ。先見の明もあるけぇ、奴《やつ》の言う通りにしちょりゃあ藩も安泰じゃとわしゃ思うちょる。ただ晋作は頭がよすぎる。それが弱みじゃ」

「頭がええことが、あかんのどすか？」

君尾が姿勢を正すと、井上も身を起こし、下帯一枚の格好で布団の上にあぐらをかいた。

「頭がよすぎるけぇ、折衝がうもういかんのじゃ。話すにしても二段も三段も飛ばして運んでいきよるけぇ、周りはとてもついていけん」

伸びた髭《ひげ》を引き抜いて、井上は嘆息した。

「晋作はずっと焦《じ》れちょる。先が少しも見えよらん周りに焦れちょる。人より速《はよ》う進んでいける者《もん》の苦しみじゃな」

文久三年が明けると、将軍・徳川家茂《とくがわいえもち》が孝明《こうめい》天皇から開港の勅許を得るため上洛し、京雀たちを驚かせた。

「公方様が京へ上らはるやなんて、まったくけったいな世や」

「先だっては公方様と一緒に天子様も賀茂神社《かもじんじゃ》に行幸しはりましたなぁ。天子様が御所をお出になるのも滅多なことやおへん」

「なんや世が大きゅう動いとるようやのう」

通りを歩けば町人たちの不安げな声が聞こえてくる。

座敷での商人たちの話題はもっぱら江戸から送り込まれた浪士団のことで、三条大橋を渡ってきた彼らのみすぼらしさを、口を極めて嘲《あざけ》るのだ。袴《はかま》は擦り切れ、髪まで旅塵《りょじん》で真っ白、安物の得物《えもの》を腰に差して、どう見ても浮浪の輩《やから》にしか見えぬ、壬生《みぶ》に屯所を構えたそうだが京の水が汚れる――そう言い交わしては眉をひそめるのである。

井上は、二月になる前に無事お咎めを解かれ、小姓役に復して江戸に向かった。

「すぐに戻ってくるけぇ。待っちょれよ」

京を去る前の晩、繰り返し囁いて朝まで君尾を離さなかった井上に、

「時勢を知るために、うちはどないな学問をしたらよろしおすやろか」

と、君尾は後先もなく訊いた。別れを惜しむ気配すら見せなかったことに、井上が興ざめしたふうに見下ろしてきたから仕方なく、

「次に井上様にお会いしたとき、もっとぎょうさんお話しできるよう、うちも物を知らなあかんと思いましたんや」

お為《ため》ごかしを吐くと、井上は他愛《たわい》なく目尻を下げて君尾の頬を撫でた。

「おなごはそねぇなことはせんでええんじゃ。ただ近《ちこ》うにおって、わしの言うことに頷いてくれたら、それでええんじゃ」

――それやったらそこらに転がっとる、なんの能もない女《おんな》と同じやんか。

君尾はささくれ立つ内心を押し込めて懸命に笑みを作る。

「せやけど、うちはどないしても井上様のお役に立ちたいのどす」

食い下がると「ほうじゃなぁ。おなごにゃあ難しいとは思うんじゃけど」と、井上はますます目尻を下げて、いくつかの書名を口にした。「日本政記」「神国由来」。それらすべてを、君尾は頭に刻み込む。

「うちに読めるかわからしまへんけど、努めてみます」

殊勝に言って井上の腕にしがみついた。のしかかってくる男の体を受け止めながら、明日にでも山野屋に手配させな、と君尾は忙《せわ》しなく算段している。


女の怒声で目が覚めた。このところ座敷を終《しま》ってから夜更けまで置屋の一室で書見に勤《いそ》しんでいる君尾は、目蓋《まぶた》をこじ開けて障子の隙間から表を見遣った。早暁の光が景色にしんなり巡っている。

「なんや、こないに早《はよ》う」

舌打ちして布団を蹴り上げ廊下に出ると、そこに菊島が青ざめた顔で佇んでいた。

「お姐さん、どないしはったんや」

凝りのひどい肩を揉《も》みながら訊いた君尾に、菊島は口の前で人差し指を立て、「ここまで来よった」と潜め声で告げた。

山野屋道純の内儀が怒鳴り込んできたのだという。「うちの亭主をたぶらかしよって。どないな了見やっ。菊島いう女をここへ出せ」と、最前から玄関口で騒いでいるらしい。藤治郎が相手をし、「出たらあかん」と菊島は釘《くぎ》を刺された。それで二階から下りることもできず、階段の側《そば》でやりとりを聞いているしかないのだ、と彼女《かれ》は小さく身を震わせた。

「うちの亭主はな、山野屋を継いで立つ人でっせ。女郎ごときとは、そもそも釣り合わんのや」

階下から立ち上ってくる女のしゃがれ声に、ふん、と君尾は鼻を鳴らす。市井《しせい》の女たちは、二言目には「女郎ごとき」と花街に働く女を嘲笑《あざわら》う。絹の上物も鼈甲《べっこう》の簪《かんざし》も、男からの惜しみない賞賛も手に入れられぬ、なにより自らの腕で稼ぐ術《すべ》もない、地味で浮かばれぬ生涯を送るよりないくせに、芸子を腐して上に立った気でいるのである。

「うまいこと言うて男を骨抜きにして金使わせて、うちの身上《しんしょう》潰す気かっ」

向こうが勝手に骨抜きにならはったのになぁ、と君尾は軽口を叩いたが、菊島の表情はこわばったままだ。

「近頃では書物まで用意させとるそうやないの。どれも値ぇが張るものや。それを色仕掛けでただで手に入れるっちゅうんやから、追いはぎと一緒や」

なんや他人事や思たら、うちも一枚噛《か》んどったんか。そうと知るや、笑いがこみ上げてきた。階下の女はいっそう声を張る。

「ええどすか？　勘違いしてもうては困りまっせ。お座敷でのことはすべて遊びや。それを菊島とかいう妓はうちの人に、身請けしてくれ、所帯を持ってくれと迫っとるそうやないの。厚かましいにも程がありますんやっ」

君尾は目を丸くし、その目をまっすぐ菊島に向けた。まさかと思ったのだが、うつむいて唇を噛む菊島を見て声を失った。山野屋道純程度の男に身を捧《ささ》げるなぞ、安売りにも程がある。

「うちもええ歳や。なんや働くのも疲れてもうてなぁ。毎日毎日お座敷をこなすのもしんどいんや。それより、旦那はんと暮らしたいと思うてもうたんや」

観念したように菊島が漏らした。

「せやけど、山野屋に入れるわけやあらしまへんのやで」

「わかっとる。もとからそないな高望みはしてへんのや。小そうてもええから家を構えてもうて、あの人が通うて来てくれはったらそれでええんや」

「……お姐さんは、山野屋はんをそないに好いたはるのどすか？」

菊島は床に目を流して、頼りなくかぶりを振った。

「惚れとるゆうのとは違う。けど一緒におって楽なんや。なにより、うちをほんまに想《おも》うてくれはるしなぁ」

目眩《めまい》がするほど月並みな台詞《せりふ》を口にした挙げ句、菊島は君尾を諭すことまでしたのである。

「なんやかんやゆうても女はな、好いてくれはる人と一緒になるのが一番やで」

そんな寝言は、島村屋の看板を背負った芸子ともあろう者が口にすべきではない。平凡な男で手を打つよりなかった市井の女たちが、こぞって唱える負け惜しみではないか。

「お姐さん」

君尾は険しく言い、菊島を自分の部屋に引き入れた。座布団を差し出して姉芸子を座らせると、自らも対座した。

「ええどすか。所帯を持つゆうことは、同じ男の相手を生涯し続けるゆうことでっせ。囲い者《もん》ゆうても、ひとりの旦那はんに身を捧げるのは変わらしまへん」

突如いきり立った妹芸子に、菊島はわずかに肩をすぼめる。

「毎晩相手をしても飽きんようなお方ならええどすわ。奥行きがあって一筋縄ではいかん、他にはないような才をお持ちの御仁やったら、そら付き従うだけの甲斐《かい》があります。せやけど、山野屋はんはそないな方とはちゃいますやろ」

だんだん語気が荒くなる。郷《さと》の訛《なま》りを出したらあかんえ、と芸子に出る以前に躾《しつ》けてくれたのは、誰でもない、この菊島なのである。

「あんたはまだ若いから、わからへんのんや。うちくらいになるとな、男の才なぞどうでもようなるんや。いや、かえって才気走った男は疲れるようになるんや。ただもう、温《あった》こう包んでくれればええようになるんや」

「そないなこと言うたら負けや」

君尾は素早く、菊島の弱音を断ち切った。そんなありきたりの感慨に行き着くのなら、はじめから垢染《あかじ》みた市井に生きればいいのだ。優れた容姿に恵まれたからこそ、祇園でお座敷に出られる。才ある男たちと懇意になれるのではないか。

「うちは、山野屋のお内儀《かみ》さんかて仕合わせとは思わしまへん。こないして頭に血を上らせて、朝っぱらから怒鳴り込んできたはるんやで」

あんな愚にもつかん男のために、というひと言は、菊島の手前呑み込んだ。

「毒にも薬にもならん男はんでも、男は男や。いずれ必ず他のおなごに目移りします。才ある男ならそれも許せますやろ。せやけど、人畜無害や思うて安心し切っとった男に裏切られたと考えてみなはれ。あのような態《ざま》を曝すことになりますのやで」

君尾は階段のほうを顎でしゃくった。菊島は異を唱えかけ、それからしおしおとうなだれた。

階下からは、未だ女のわめき声が聞こえてきている。たかだか道純ごときのために、宝刀か玻璃《はり》でも盗まれたように騒ぎ立てる女房が、君尾にはただただ滑稽だった。主人の藤治郎が、

「菊島は島村屋の宝どす。そやから、他所《よそ》に出すゆうことはあらしまへん」

はっきり言い返して女房を黙らせるまで、それから半刻《はんとき》近くもかかった。番頭に添われて玄関から出てきた山野屋の女房を二階の窓から覗《のぞ》き見て、その脂っ気の抜けた髪や、干涸《ひから》びた餅のような肌を目にした君尾は、口の端で小さく嗤《わら》った。

階下に下りた菊島を「勝手なことしよって。お前にはまだまだ稼いでもらわなあかんのや。借財かて済んどらんのやさけな」と叱る藤治郎の声が聞こえてきてはいたが、

「それでも、くだらん男と添い遂げるより、ずっとええ暮らしや」

と、君尾はひとりごちて肘掛窓《ひじかけまど》に頬杖《ほおづえ》をついた。

Ⅲ

久方ぶりに魚品に呼ばれ、座敷に上がった君尾は、酒宴にひとりの僧侶が交じっているのを見つけた。長州藩士・入江九一《いりえくいち》の隣で、その坊さんはさも旨《うま》そうに酒を啜《すす》っている。

――長州様の席になんで坊さんがおるんや。

怪しみはしたがさほど気にせず酌をして回り、坊さんの前に進み出たところで、

「よーう、君尾。久しいのう」

と、声を掛けられて凝然となった。

「な……その御髪《おぐし》、どないしはったんどす」

高杉である。

きれいさっぱり剃髪《ていはつ》している。

「ほれ見い。誰でもこねぇにたまげるがね。坊主や医者じゃあるまいし、武士が頭を丸めてどねぇするんじゃ」

入江が、溜息《ためいき》と一緒に吐き出した。

「阿呆。わしゃもう武士とは違うんじゃ。隠居の身じゃけぇのう」

「隠居？　お武家はんを辞めはったんどすか」

驚きすぎて、耳の内側が羽虫でも入ったように鳴っている。

「ああ、辞めた。藩を挙げて尊王攘夷に努めるよう進言してきたんじゃが、話が通じんけぇわしゃ辞めたんじゃ。なんでもかんでも『時期尚早』で片付ける奴らにゃほとほと愛想が尽きたわ。尚早どころか、遅いくらいじゃ」

冗談だか本気だかわからぬことを高杉は言い、「エゲレスに踏みにじられた清国《しんこく》の二の舞になることだけは避けんといけん。わしゃ上海《シャンハイ》に行ってつくづくそねぇ思うたけぇ」と、盃の中につぶやいた。上海といえば異国である。そんなところに行けるはずもない。どこまでが嘘で、どこからが本当なのか皆目わからず、君尾は相槌《あいづち》を打つこともできない。

「せやけど、お武家はんゆうのは、そないにたやすく辞められるものなんどすか」

勝手に足抜けすることは許されんのや、と先だって菊島を叱っていた藤治郎の声が君尾の内耳に甦《よみがえ》った。

「まぁ正しゅうは、十年の暇乞《いとまご》いを申し出たんじゃ」

「藩のお役目をこののち十年お休みになるゆうことどすやろか」

「ほうじゃ。わしの考えちょることは、頭に霞《かすみ》が掛かった藩家老より十年先を行っちょる。今から十年なんもせんと過ごしじゃあ、奴らもわしに追いつけるじゃろうっちゅう温情じゃ」

入江がまた溜息をついた。君尾はただ戸惑っている。高杉の言動は、あまりにも突飛で脈絡がない。

「西行《さいぎょう》法師っちゅうお方が昔おったじゃろう。わしゃその心を慕《しと》うちょるけぇ、頭を丸めて東行《とうぎょう》と名を変えたんじゃ。『西へ行く人を慕いて東行く我が心をば神や知るらん』じゃ。今日から、高杉東行春風《はるかぜ》じゃ」

「その……春風ゆうのはなんどすか」

「わしの諱《いみな》よ。似合《にお》うちょるじゃろう」

軒昂《けんこう》として言う高杉に、君尾は水浴びしたあとの犬のようにかぶりを振った。

「春風ゆうような生ぬるいものとは似ても似つかしまへん。同じ春に吹く風でも、言うたら春疾風《はるはやて》どす。景色をかき乱す春疾風や」

言うや、高杉が勢いよく膝を打った。

「うまいこと言いよるのう。さすが君尾じゃ」

大笑いする高杉を尻目に、君尾は己の甘さに歯嚙みしていた。

――うちの見立てはまだ浅かったんや。

奥行きのある興味深い男だとはわかっていた。だが、そんな程度で収まる器ではないのだ。この男は、とんでもなく突き抜けた高みに生きている。君尾が想像しうる範疇《はんちゅう》を超えた世で息をしている。突出した才覚と能力を味方に、その景色の中を勇躍闊歩《かっぽ》しているのだ。

そう思った刹那《せつな》、悪寒が走った。こんな男に関わったら灰になる。振り回されて、翻《ほん》弄《ろう》されて、きっと自分が自分でなくなってしまう。

「あれぇ、高杉さまぁ。どないしはったんどす」

居すくむ君尾のすぐ側で、舌たるい声が立った。見ると井筒屋の小梨花が高杉にすり寄ったところである。今宵は井筒屋と一緒のお座敷だと聞いていたから君尾は驚かなかったが、妓の所構わぬ媚態《びたい》には思わず眉をひそめた。

「どうじゃ、似合ううちょろう。ますます男前になったと思わんか」

高杉が言うと、小梨花は鼓膜を引っ掻《か》くような甲高い笑い声をあげた。

「ほんまや。御髪があるよりええなぁ」

なにが可笑《おか》しいんや、と君尾は鼻白む。せやけどこないにおつむの足りん女やないと高杉は無理かもしれん——熱を持った頭の隅でそうも思う。

魚品の酒席に、君尾はそれから毎晩のように呼ばれた。坊主頭の高杉は隠居を気取って気楽に酒席を楽しむばかりで、時勢のことは一切語らなくなった。君尾が水を向けても、ついと話を逸《そ》らしてしまう。桜はすっかり散って、窓からは柔らかで締まりのない風が吹き込んでいた。

「こうなったら兵隊でも作るか。百姓から大名まで同じように働ける一隊を」

風に問いかけるようにして、高杉が君尾の前で一度漏らしたことがある。

「まぁ、そないに夢のようなこと。ほんまにできますのやろか」

すると、彼はさも不思議そうにこちらを見たのだ。

「なして事を為す前に、できるか、できんかを考えにゃあいけんのじゃ。やろうと思うたことを、ただやりゃあええんじゃ」

そない言うたかて、と喉元までせり上がった言葉を君尾は呑み込んだ。きっと高杉は実際に、そうやって生きてきたのだ。しきたりやしがらみが蜘蛛《くも》の糸のように張り巡らされた世の中で、実は一度も糸にからめ捕られることなく自在に己を通してきたのではないか。

「高杉様は、お終いにはどないならはるのやろか」

この男はいったいどんな高みに行き着くのだろう、どれだけの変化を遂げて、なにを成すのだろう、という興味で訊いたのだが、彼は少しく顔を歪《ゆが》め、

「わしの最期《さいご》……死に様っちゅうことか」

と、腕を組んだ。

「いえ、そないなことやのうて」

君尾はすぐに打ち消すも、彼は気分を害した様子もなくさっぱり返した。

「ほうじゃな。すこぶるええ女に看取《みと》られて死にたいのう」

君尾は拍子抜けし、眉根を寄せる。

「おなご、どすか」

「ほうじゃ。男子たるもの、最期に側におる女が肝要じゃけ。男の器は存外、そねぇなことで決まるんじゃ。どねぇな大事を成し遂げても最期につまらん女が側におるっちゅうのは、それだけの男じゃったっちゅうことじゃ。女っちゅうのは男と違《ちご》うて情だけでは動かんけぇ、足腰立たんようになったときに、ええ女が見捨てんちゅうのがまことに優れた男なんじゃ」

高杉の長広舌を聞き終えぬうちに、君尾は身を乗り出した。

「ほんなら高杉様にとって、ええ女ゆうのはどないなおなごどす」

さりげなく訊くつもりが、変に力が籠《こ》もってしまった。ふむ、と高杉は沈思したのち、至極静かな目をして答えた。

「人として崇《あが》められるおなごじゃ。男じゃあ女じゃあっちゅう垣根を越えて在る、気高いおなごじゃ」

「男と女の垣根を……」

反復した君尾の喉が、こくりと音を立てた。

「ほうじゃ。今はあちこちで遊んじょるが、わしゃそねぇなおなごに最期は側におってほしいちゃあね。まぁ、最期っちゅうても、ずっと先のことじゃがのう。わしにゃあまだまだやらにゃあいけんことがあるけぇ」

座のあちらこちらから、芸子たちの華やいだ作り声があがっている。それに重ねて男たちの野太い笑い声が響く。君尾はただひとり静まって、「人として崇められるおなご」と、口の中で繰り返す。

高杉はそれからひと月もせぬうちに、ぱたりと姿を見せなくなった。

代わりに兵庫警衛地に赴いていたという井上聞多がひょっこり現れ、「この鏡をくれんか。鏡っちゅうのはおなごの心じゃろう」と、唐突に君尾の手鏡をせがんだ。

「急になんですのん」

「ちぃーとな。遠くまで行かにゃあならんけぇ、御守《おまも》りにしたいんじゃ」

「遠く？　江戸どすか？」

「いや。エゲレスじゃ。密航して行くけぇ、誰にも言うたらいけんで」

君尾は言葉を失い、ただ目をしばたたかせた。長州藩は聡明で剛胆な人物が揃っているのだが、みな、嘘か真《まこと》か判じられぬようなことを平気で口にする。

「そういえば、高杉様も上海に行ったと言うたはりましたなぁ」

疑いの目を放ると、「おお。ほうじゃ。晋作は去年行きよったいね」と事も無げに井上は返し、鏡を懐《ふところ》に収めて慌ただしく京をあとにした。

この秋も半ばの八月十八日、薩摩、会津、淀の兵が御門を固め、長州勢を御所から締め出すという珍事が起きた。これを機に長州藩士は京から排斥され、彼らと懇意であった三条実美《さんじょうさねとみ》はじめ尊攘派の七卿までもが都落ちしたと聞いて、

「天子様がもっとも頼みにしておられるのが長州様やないんか。賀茂神社への行幸も長州様の手引きやったはずやのに……」

と、君尾は自室に積まれた書物を繰りながら爪を噛んだ。

この頃、島村屋の芸子たちがたびたび勤めるようになったのが、祇園一力《いちりき》の座敷であ

る。一力は、新選組《しんせんぐみ》がよく使う料理屋だ。ために逢状《あいじょう》が来ると、芸子衆は違《たが》わず暗い顔になる。

「壬生浪《みぶろ》の相手をせんならんやなんて世も末や」

確かに荒夷《あらえびす》は、酒席での振る舞いが粗暴だった。言葉や仕草に品がない上、学もない。和歌のやりとりもとんと通じず、酒落《しゃれ》を愚弄ととって暴れる者まである。会津藩お預かりになって金回りこそよくなったらしいが、風体《ふうてい》は目も当てられぬほど野暮で、たいがい上から下まで安っぽい黒の木綿で固めているのだが、一度揃いで誂《あつら》えたというだんだら羽織で現れたときは冷笑が漏れぬようにするのに難渋した。

――揃いっちゅうだけで薄みっともないのに、よりにもよって浅葱色《あさぎいろ》や。田舎武士を浅葱裏と嗤《わろ》とるのを知らんのやろか。

けれど君尾は隊士らをぞんざいに扱うことはしなかった。いかにして不逞浪士を斬ったかという物騒なだけの手柄話にも、「ご立派やなぁ」と、惜しみない賛辞を贈り続けた。

「なんや。あんたはあないに汚いのが好きなんか」

菊島の驚きは、他の芸子たちの心裏でもあるだろう。中には「君尾も盛りを過ぎて見境無しやな」と聞こえよがしに言う妓もいる。

「まさか。相槌代わりに、褒めとるだけどす。あないなお客は、ちょっとでも逆ろうたらあきまへんのや」

「そう言うたかて、褒めるところはあらへんで」

男に甘い菊島も、壬生浪には容赦ない。

「褒めるところがないさけ、褒めなあきまへんのや。出自も怪しい、これというた手柄も立てとらん、働きを世間に認められとるわけでもない——その現実《うつつ》に蓋して、あの人らは座敷に上がっとります。せやから、浮き世を忘れさせなあかんのどす」

「お座敷では夢見させたるゆうことか。あんた、存外優しいなぁ」

「なにを言うたはります。逆や。恨みを買わんよう気をつけとるだけどす。あないな小物ほどああして見栄を張りますのや。それを嗤うたら、己を恥じずに嗤うた者を恨むのどす。せやし真のことを言うたらあきまへん。病犬《やまいぬ》に袖まくって腕を差し出すようなものどすえ」

ただし君尾にも誤算があった。病犬は追従を真に受け、さらにはそれを自分への好意だと思い込むということである。

元号が元治と変わった頃には、君尾は毎晩のように壬生浪の座敷に出なければならなくなり、いつまで経っても名を覚えられぬ男たちの誘いをかわすことに腐心するのが常となった。だから、

「魚品と一力から逢状が来とるがどないする」

と、藤治郎に告げられた五月の晩、君尾は一も二もなく魚品を選んだのだ。

魚品の二階では、おそらく網の目をかいくぐって入京したのだろう入江と久坂がひっそり盃を傾けていた。色濃い疲労がふたりの横顔に滲《にじ》んでいて、君尾はつい悄然《しょうぜん》となった。

「そねぇな顔をすんな。みな壮健にしちょる」

入江が明るく取りなし、

「長州は活気づいちょるぞ。晋作が奇兵隊《きへいたい》を作ったおかげで民百姓も政に関心を持つようになったけぇ」

と、久坂が続いた。

「きへいたい？」

なぞった君尾に、入江が説いた。

「ほうじゃ。身分を問わん一隊を、晋作は立ち上げよったんじゃ。百姓でも博徒でも、国を思う心がありゃあ一隊に入って、帯刀が許される。今までにない、そねぇな兵隊を正式に作り上げたんじゃ」

君尾の胸が、熾火《おきび》でも放り込まれたように熱くなった。

――ほんまに思うた通りのことをしはったんや。

「そしたら高杉様は今、その兵を指揮してはるのどすか？」

「いや。今は野山獄に繋がれちょる」

「え……獄？」

君尾の昂揚《こうよう》は、たちまち冷や水を浴びせかけられた格好となる。

「どうして……」

「脱藩の罪を犯したんじゃ」

気が遠くなった。十年の暇乞いをしたと思ったら、今度は脱藩である。

「長州では多くの藩士が、都から追い落とされたことを悲嘆しちょる。中にゃあ京に兵を進めて、じかに天子様に許しを請おうっちゅう過激な論者もおる」

この暴発を止めよと世子公に命じられたのが、政務役に復していた高杉だった。彼は命に従い、進発論を唱える藩士を止めようとしたが、相手は容易に首を縦に振らぬ。言葉を尽くしても「おのしの言うことはようわからん」と突っぱねられる。するともう高杉は痺《しび》れを切らして、「京におる久坂や桂さんにも意見を訊く」と、藩の許しも得ずに長州を抜け、京に潜伏したというのだ。

――なんや。京におられたんか。

ならば、なぜお座敷の声が掛からなかったのか。君尾は密かに萎《しお》れた。

「京に入るやすぐに呼び戻されてしもうたけぇ、重いお咎めになるじゃろうとは思うちょったが」

久坂が顎を揉んだ。

「獄からは当面、解かれしまへんのやろか」

少し前であれば素知らぬ顔で通したところだが、素直に問うた。高杉と会えぬのはつまらぬ。入江が険しい顔で腕を組む。

「今すぐには難しいかもしれんのう。藩意も定まらず、揺れちょるしのう」

この日の宴は、かつての陽気さとは程遠い、しんみり湿った座になった。舞を舞っても場が華やぐことはなく、君尾ははじめて己の無力が身に染みた。

――こないなときに、女っちゅうのはなんの役にも立たんのやな。

夜深《よぶか》に表を歩くのは危ないから、と酒宴は早々にお開きとなった。京は前にも増して物騒になり、市中で骸《むくろ》を見ることも珍しくない。長藩士はことに用心を重ねており、二条の藩邸に戻るにも丸に十文字の紋が入った薩摩の提灯《ちょうちん》を提げて、なるたけ人通りの多い河原町通《かわらまちどおり》に道をとる。

先に入江と久坂を送り出し、君尾も魚品の男衆に護《まも》られて祇園新地まで戻った。「ほな、ここで」と、男衆から提灯を受け取り、置屋への路地へ足を向けたときだ。不意に目の前にふたりの男が立ちはだかったのだ。提灯の明かりを受けてもいっこう垢抜けぬ、安物の黒木綿を見て、君尾はうんざり息を吐いた。

──壬生の屯所いうても、他所の家を借りとるだけなんやな。

荒縄で柱に括《くく》り付けられながら、君尾はぼんやりそんなことを思っていた。名を覚えられぬ男たちが大刀を肩に背負い、

「今宵おぬしが出ていたのは長人の座敷であろう。奴らがなにを話しておったか、すべて吐け」

と、声を荒らげる。一力の座敷を袖にした君尾の行方を調べ、魚品を張っていたのだろうと思えば、男たちの女々しさに吐き気がした。

「いいえ。薩摩のお方やと伺いましたけど」

しらを切るなっ、とひとりが床を踏み鳴らした。凄まれたところで君尾は恐怖の欠片《かけら》も感じない。女相手にこないなことをしさらす阿呆がこの世におるのやな、という呆れが湧いただけである。手足に食い込む縄の痛みは感じていたが、高杉が放つ得体の知れぬ恐ろしさはここにはない。

「おいっ、妓！　長人はなにを話しておったか答えんか！」

顔を真っ赤にして怒鳴る目の前の男を見遣るうち、高杉に会いたい、とつくづく思った。会って、この国の舵取《かじと》りをどう行うつもりか、じっくり聞いてみたい。その頭の中がどうなっているのか、少しでも解き明かしたい。

──うちも精進《しょうじん》せなあかん。いずれ、高杉様と肩を並べて同じ景色を見るんや。高

杉様に、女としてやのうて、人として認められるまでになるんや。

「なにを笑っておる」

男に肩を小突かれ、触るな、と思った途端、苛立《いらだ》ちが極に達した。

「つまらんことをしよると思うたんどす。こんなん大の男がすることとちゃいますやろ。世の男はんがみな大局を見据えて働いとるときに、こないに小さい仕事でえばりくさって。恥ずかしいと思わへんのんか」

「……なんだと」

ひとりが刀の柄《つか》に手を掛けた。怒りで声が震えている。

――あかん。病犬に腕差し出してもうた。

正気付いたときには男は刀を抜いていた。

――うちは、こないにつまらん男の手に掛かって命を落とさなあかんのやろか。

「これで最後だ。長人はなにを話しておった」

すべて白状して命乞いをしたかった。だが君尾の口から出たのは、

「せやから薩摩のお方やと言うてますやんか」

という、我が身を裏切る啖呵であった。

――いや。裏切ったのやない。うちは筋を通したのや。

男が刀を振り上げた。君尾は静かに瞑目《めいもく》する。

ほとんど同時に戸の開く派手な音が立ち、

「女相手になにをしておるっ」

と、手足の先までびりびりするような胴間声が聞こえた。君尾は恐る恐る薄目を開く。戸口のところに、大身のお侍が仁王立ちしていた。男たちはこれまでの威勢が嘘のように小さくなり、泡を食って君尾の縄を解《ほど》いた。

「すぐに駕籠《かご》を支度せい。置屋までお送りするんだ」

お侍が命ずるや、男らは我先に部屋から出ていった。あまりの急転に、「ええのんどすか」と君尾が訊いたほどだった。

「無論です。女に乱暴を働くなど武士の風上にも置けません。どうぞ、お引き取りください」

武士の風上なんぞと今どき言う人がおるのやなぁ、と君尾はやけに角張った男の顔を眺めた。用意してもらった駕籠に乗ってから、あれは誰やったんやろ、と思ったが、祇園に帰り着く頃にはお侍のことも、捕らえられたことさえも彼方《かなた》に霞んだ。

いつまでも帰らぬ君尾を案じて、島村屋は上を下への騒ぎになっていた。

「よかった。なにがあったんや」

涙を浮かべた藤治郎や菊島に、

「詳しいことは明日にしておくれやす」

と言い置いて、君尾は早々に自室へと引き上げた。衣を脱ぎ捨て、襦袢一枚になって布団に身を横たえると、開け放った窓から湿った夜風が流れ込んできた。

「ほんに、つまらんなぁ」

星も月もない漆黒《しっこく》に向かって、恨みがましくつぶやいた。


京で大きな戦《いくさ》が起こったのは、このふた月後のことである。

威信回復の手立てを探っていた長州藩だったが、池田屋《いけだや》に集っていた藩士を新選組に殺《あや》められ、ついに暴発、京へと進軍したのだった。しかし行く手を薩摩、会津、桑名の兵に阻《はば》まれ、あえなく潰走する。この戦で、久坂も入江も命を落とした。

京は火の海となり、料理屋もあらかた灰になった。島村屋は焼け出されることこそ免れたが、おかげで芸子たちもお茶を挽《ひ》く日が続いている。

一力から呼ばれたのはこの年の暮れのことで、藤治郎に告げられるや君尾は即座にかぶりを振ったのだ。

「壬生浪は嫌やと言うたはずどすえ」

「せやかてこう毎日お茶を挽いとったら、うちかて苦しい。わかってくれんか。せやし先様はお前に謝りたいと言うていらしたはるんやさかい」

壬生で見た、角張った顔が浮かんだ。しかし妓相手にわざわざ頭を下げに来るとも思えない。罠《わな》かもしれぬ。

「そしたら男衆を二、三つけておくれやす。せやないと、また行方知れずになりまっせ」

さんざん藤治郎を脅して出向いた一力で、座敷に端座していたのはやはり壬生から君尾を解いてくれた男で、

「新選組局長、近藤勇《こんどういさみ》である」

と、名乗るや、殿様にでも対するように深々と平伏して君尾を驚かせた。

「いつぞやは失礼つかまつった。隊士に士道の心得が行き届かず、まったくお恥ずかしい限りだ」

これが新選組の長か、という驚嘆と、この男はなんでもかんでも士道を持ち出すんやな、という呆れとが一緒に湧き出したが面《おもて》には出さず、「お気にせんといておくれやす」と受け流す。詫びられるほどのことではない。あの一件は、君尾の身にも心にも一寸《ちよつと》の傷も残さなかったのだ。

近藤はそれきりさしたる話もせずに、ムッと口を引き結んで飲んだ。下戸《げこ》なのだろう、猪口《ちよこ》の縁を舐《な》めるばかりでいつまで経っても酒が減らない。それなら舞でも、と地方を呼ぼうとすると、「いや、そこにいてくれればいい」と、近藤は押しとどめる。通夜のような静けさにいたたまれなくなった君尾が、「風でも通しまひょか」と障子に手を掛

けたとき、硬い面持ちで近藤は唐突に告げたのだ。

「君尾。わしと一緒になってくれぬか」

一片の濁りもない男の目を見て、君尾は首をすくめた。

――この男はなにを言い出したんや。

「屯所でおぬしをひと目見て、忘れられなくなった。島村屋にはわしが話をつける。町家も支度して、月々の手当もお渡しする。いかがかな」

新選組は池田屋の一件で大手柄を立てた。長州を退けた先だっての戦でも会津に従って活躍を収めた。

――それで調子に乗っとんのやな。

君尾は倦んだ息を吐き出す。士道にしがみつき、幕府のために身を粉にして働くことにこの男は喜びを感じている。他人によってさんざん踏み固められた道を勇んで歩いているのだ。

高杉は違う。誰も見たことのない景色の中を、草木を分けて進んでいる。天邪鬼《あまのじゃく》を気取って、そうしているわけではない。それが、これからの世を作るに、もっともふさわしい手立てだと彼にははっきり見えているのだ。だから険しくとも他に理解されずとも、道なき道を行くのである。

「ありがたいお申し出、痛み入ります」

君尾はかしこまって、頭を下げる。

「新選組のお働きはご立派どす。それを率いる近藤様もきっとご立派な方やろうと、うちは思うとります」

言うと、近藤の頬が弛《ゆる》んだ。

「せやけどうちには、薩摩や会津が進めておられる公武合体ゆう方策が、どうにも無理があるように思えるのどす。御公儀と天朝が手を組んで政をするのは難しおす。天子様は異人を嫌《きろ》うておられる。一方で将軍様は異人の顔色を窺《うかご》うてばかり。ひとつの方策を決めるにも、滅多なことでは折衷でけんのとちゃいますやろか」

息継ぐ間も惜しんで時勢の論を語りはじめた妓を、近藤はただ呆然《ぼうぜん》と見詰めている。

「政は二極で行うべきやおへん。一極にすべきどす。今、各所で天誅《てんちゅう》や戦が起こっとるんは、この国が膿《うみ》を出しとると、うちは思うてますんや。なんの膿やと思わはりますか？」

ゆるりと訊くと、近藤は「いや」と、うめいたきり黙り込んでしまった。額に大粒の汗が浮かんでいる。君尾はくいっと背筋を伸ばし、言った。

「開府以来、二百余年のたるんだ執政で溜《た》まった膿どすえ」

近藤の顔が青ざめ、それからゆっくり朱に染まっていった。頬が引きつり、眉間は怒気を帯びていく。

——斬るなら斬れ。

君尾はすっかり開き直っている。ただただ、男相手に時勢を論じていることに恍惚《こうこつ》となっていた。だが本当ならば、こんな無学の荒夷に話して聞かせるのではなく、高杉と語り合いたかった。

「今は、西欧諸国に負けんよう努めなあかんときなんどす。それをいつまでも、御公儀の古くさい政に従《したご》うとったら、異国にええようにされてしまいます。清国で起こった阿《あ》片《へん》戦争のような憂《う》き目に、この国が遭うことになるんどすえ」

「おい、妓」

ようやく近藤が口を開いた。先刻とは別人のような低い声である。

「そういう話を誰から聞いた。誰に教わった。長人か」

「いいえ。誰にも。うちが書物で読んで学んだことどす」

高杉とは未だ一度も、時勢の論を語り合ったことはない。座敷に上がってもただの妓としてあしらわれて終わりなのだ。

「女が書物を読むなど……読んでさようなことが語れるようになるとは思えん」

「疑《うたご》うてもろても構しまへん。せやけどうちは、確かに読んだのどす。その上で、天子様が政を行うほうがええと思うたのどす。ここで膿を出し切らんとこの世は古びて朽ちていくだけと違いますやろか」

近藤は盃を置くや、勢いをつけて立ち上がった。身構えた君尾に、「帰る」とひと言放った。

「さような考えであれば、おぬしのことは諦めねばならぬ。わしは御公儀のために働く身だ」

さっぱり告げると、袴を払って玄関口に向かった。入口の刀簞笥《かたなだんす》から男衆が取り出した大刀を腰に差し、見送りに出た君尾を振り返ることなく、敷居を跨《また》いだ。

Ⅳ

元号が慶応と改まった年、菊島がめでたく二条烏丸の米商人に落籍《ひか》されることが決まった。

「あんたも早《は》よ、ええ旦那さんを見つけるんやで。いつまでもこないなとこに身を置いとってはあかんのえ」

この頃、君尾は長州の品川弥二郎《しながわやじろう》と深間になっている。戦のあと京に潜伏し、諸藩との折衝に努めている男で、若いのに小才が利き、胆力のあるところが気に入った。禁門《きんもん》の変でも八幡隊《はちまんたい》隊長として戦ったのだと、自らの武勇を臆面もなく吹聴する様も、歳のいった男であればみすぼらしく映ったろうが、君尾と歳が近いせいか好もしかった。

高杉は、あれきり姿を見せない。井上も京には上ってこないため、代わりに品川から高杉の様子をそれとなく聞き出している。剃《そ》った髪がだいぶ伸びたこと、今は馬関《ばかん》を足掛かりに英国商人と取引していることを、おかげで君尾は知ることができた。

「あないに攘夷や言うてはったのに、異人と会《お》うてますんか」

「是が非でも仕入れたいものがあるっちゅうてのう。まぁ高杉さんのお考えは日ごとに変わっていくけぇ難しいんじゃ。こっちがぼーっとしちょる間に、ずっと先まで行っちょって見えんようになる」

そんなことより、と品川は言い、英国留学から戻った井上聞多が藩内で刃傷沙汰《にんじょうざた》に巻き込まれた折の話を嬉々《きき》として語るのである。井上は、英国の発展を間近に見て、攘夷なんぞと言っているときではない、と強く思ったらしい。異人に学ぶべきことは、果てしなくある。艦船造りや最新式の銃、議会政治も、この国がまだ手に入れていないものである。ともかく国を開いて、さまざまな文化に触れたほうがええ——その一方で長州征伐を推し進める幕府に対しては、一応は恭順の姿勢をとりながらも戦に備える、とする武備恭順を主張、藩是として通してしまった。この強弁が、幕府に絶対恭順を唱える一派を過度に刺激したのだろう。藩庁からの帰路、彼は藩士数名に待ち伏せされ、全身をなますのように斬り刻まれた。虫の息で地面に仰向けに横たわる井上に、血刀をぶら下げたひとりが近づいてくる。次の瞬間、心ノ臓に向けて、刀がまっすぐ振り下ろされた。

　井上は死んだ、はずだった。が、刃《やいば》は懐に忍ばせてあった鏡に当たり、奇跡的に命拾いしたという。これこそ君尾が渡した手鏡で、藩士の間ではこの逸話が美談として語られている、と品川は御伽草子《おとぎぞうし》でも諳《そら》んじるように語るのだ。

　鏡を渡したことすら覚えの薄い君尾は、他人事のようにその話を聞く。そうして、品川は単にこの井上の一件でも知られた、藩士の間で評判の美妓と馴染みになりたかっただけなのだろうと察して、密かに鼻白む。女として聞こえればそれだけ、人としての価値から遠ざかるようで虚《むな》しかった。

　慶応も二年が過ぎると、諸藩士の京への出入りがいっそう激しさを増し、また戦が起こるのではないか、と祇園にも憂鬱な影が落ちはじめている。

「嫌な世どすなぁ。京の町も先の戦で焼けてもうて。魚品で長州様の賑《にぎ》やかなお座敷をしとった頃が、えらい昔のようや」

　酒を注《つ》ぎつつ君尾がぼやくと、品川の面に暗い影が差した。

「まことじゃのう。戦で久坂さんも入江さんも亡《の》うなってしもうたし、それに高杉さんも……」

　君尾は徳利を取り落としかけた。

「高杉様がどないしはったんどす」

それから品川が告げたことは、君尾を芯まで冷え込ませるような酷《ひど》い話であった。高杉は今、馬関の桜山《さくらやま》にいるという。役目を負うてそこにいるのではなく、養生のためだった。肺を病んでいる。もうだいぶ進んでいる。今年一杯もつかわからん——。

心ノ臓がうなるように鳴り出した。それなのに総身の力が抜けていく。

——まだあかん。

胸の内で君尾は叫ぶ。

——うちはまだ、肩を並べるところまで行ってへんのや。

そこまで思って、君尾はハッと首を起こした。

「お側には……今お側にはどなたがおられますんや」

品川は怪訝《けげん》な顔をしながらも、「望東尼《ぼうとうに》」という名を告げた。

「尼さん、どすか?」

「ほうじゃ。高杉さんはおうのっちゅう馬関の芸者を気に入って、このところ連れて歩いちょったんじゃけど、養生に入ってしばらくしてからは、おうのを遠ざけて主に望東尼の世話になっちょる」

「どないなお方どす。その望東尼ゆうお方は」

君尾のただならぬ勢いに圧《お》され、品川は不可解そうに首を傾げて答えた。

「どねぇな方っちゅうてものう。だいぶ年嵩《としかさ》のお方で、高杉さんがずっと前から敬仰《けいぎょう》しちょる方じゃ。教養もある、穏やかで徳の高いお方じゃと聞いちょる」

あの男はすべて、思ったことを思った通りに為して生きているのだと、震えが立ち上ってきた。どれほどの者が、一貫して微塵も意志を曲げずに生きられるのだろうと思えば、高杉が誇らしく、また羨《うらや》ましくもあった。

だが、桜がすっかり散った頃、高杉の死んだことが伝えられると、それもたちまち虚しさに変じた。君尾の内に確かに灯っていた明かりが、意地悪な疾風にふっと消されたような虚しさだった。

高杉に出会ってから鮮やかに彩色されていた京の景色は、また単調な墨色へと姿を変えてしまった。


幕府が倒れ、明治と元号が変わった頃、君尾は品川の子を産んだ。身請けしたいという品川の申し出はしかし、丁重に断った。

「なにを考えとるんや。もったいない。もう薩長の世や。これから中央に立つかもしれんお方やで」

藤治郎は目を剝《む》いたが、君尾は頑《かたく》なに首を振る。

「品川様は利発なお方や。気も利かはるし、世の中をよう見とられます。上からの覚えもめでたい。きっとこののち、出世をしはると思います」

「せやったら」

藤治郎が継ぎかけた言葉を、君尾は遮《さえぎ》った。

「せやけど、それだけや。誰かが定めた道を上っていかはるだけのお方や」

「十分やないか」

「若い時分はそれでええのんどす。せやけど品川様は、四十になっても五十になっても ほうぼうに気を配って、他の御仁の顔色を窺《うかご》うて、周旋をしたはるような気ぃがしますんや。その鬱憤は並大抵やあらへん。鬱憤が積もり積もれば、吐き出す先は家内か妓や。当たられて無体をされる。そないなお方に従うのは、一生を棒に振るのと同じやさかい」

高慢に聞こえぬよう淡々と告げたつもりだったが、

「お前というおなごは……」

と、藤治郎は心底呆れた様子でかぶりを振った。

君尾は子を育てながら独り身を通した。年増《としま》となっても座敷に出続けた。客のほうがずっと若いようになったが、男たちは君尾を邪険にすることはなく、むしろ、博識で知的なこの妓を崇め敬った。「君尾」と呼び捨てにする者はもうなく、誰もが「君尾さん」と呼んで、時勢や政局の見立てを訊き、教えを請うた。それは君尾にとって至極満たされた日々だったが、あの日覚えた空疎を埋めるには至らなかった。

高杉ほどの男は、逆立ちをしても現れない——それを確かめるための道程だったからだ。

毎年、桜が咲くと高杉の面影が濃く浮かぶ。剃髪して「東行春風じゃ」と高らかに笑った顔だ。

——あの男と肩を並べるには、うちはなにをしたらええんやろ。

春風の中にひとり佇んで、君尾は思う。失《な》くした明かりを取り戻そうと、桜吹雪に向かって手を伸ばした。

徒^{あだ}

花^{ばな}

I

京に入った岡本健三郎《おかもとけんざぶろう》が真っ先に囚《とら》われたのは、タカの美貌であった。簡単に見目麗しいという話ではない。錦絵《にしきえ》から抜け出てきたような華やかな佇《たたず》まいに加え、総身が優雅な色香をまとっているのだ。それは健三郎の、女というものへの概念を、あっさりくつがえすほどの迫力さえ備えていた。

慶応三年秋のことだ。

健三郎がこのとき土佐より上京したのは、馬廻格《うままわりかく》の藩士・宮川助五郎《みやがわすけごろう》の放免について、京都町奉行所と折衝する役を仰せつかったためである。宮川は、京に詰めていた昨年、他七名の藩士とともに三条大橋西詰の幕府制札場にて高札を引き抜くという暴挙をしでかした。橋詰で見張っていた新選組《しんせんぐみ》と斬り合いになり、五名はなんとか逃げおおせたが、二名は落命、宮川は捕縛された。

幕府に楯突《たてつ》いたのだ、斬首に処されてもおかしくない罪だが、ここへきて宮川引き渡しの話が動いたのだという。

けんどすぐ放免とはならんき、容堂公《おおとのさま》のご判断まで控えちょれ——というのが、四条の土佐藩邸へ挨拶に寄った健三郎に、上役の目付が下した指示であった。なぜ一藩士の放免に、前藩主・山内容堂《やまうちようどう》の意向が関わるのかと健三郎は不審を覚えたが、黙して平伏した。下士は、政《まつりごと》の子細に首を突っ込むべきではない。言われたことを、ただこなせばいいのだ。

京での寄宿先は藩邸から程近い、河原町《かわらまち》四条下ルの売薬商・亀田屋《かめだや》と決まった。下横目《したよこめ》なる、いわば密偵を主とする役目を負う健三郎が、頻繁に藩邸に出入りしてはまずかろう、という藩の配慮に拠《よ》る。

亀田屋に入り、足を濯《すす》いだのち離れに通された。店のある母屋とは中庭を隔てた薄暗い六畳間である。案内してくれた主人の太兵衛《たへえ》に礼を言い、部屋にひとりになると、健三郎は旅の荷もほどかず畳に寝転んだ。土佐から京までの道程は、二十六歳の若い体にはいかほどのものでもなかったが、彼は船に弱かった。このたびも、船を使うのは瀬戸内《せとうち》を渡る折と淀川《よどがわ》を上るだけに止《とど》めたのに、未《いま》だ足下が揺れているようでおぼつかない。

伸びをすると大きなあくびが出た。とろりと眠気がさしたとき、襖《ふすま》の向こうに女の声を聞いた。下女が茶でも運んできたのだろうと、寝転んだまま、「入れ」と応じる。

「お邪魔致します」

身幅に開いた襖から現れた女を見て、健三郎は跳ね起きた。起きはしたものの立ち居に惑い、その場に不格好な正座をする。

女は一礼し、盆に載せた茶と干菓子を健三郎の前に置くと、まずは長旅をねぎらった。それから、涼やかな声で止宿の際の決まりごとを説きはじめた。店の閉まる夜分は裏木戸から出入りしてほしい、用があれば店の者を使って構わない、朝餉《あさげ》は用意して部屋まで届ける——しかし、女が淀みなく連ねる言葉のほとんどは、健三郎の耳を素通りしてしまった。彼はただただ、旅塵《りよじん》まみれの薄汚い姿を女の前にさらしているいたたまれなさに身をすくめ、一刻も早くこのときが過ぎることを願っていた。そのくせ、女の面立ちから目を離すことができないのだ。澄んだ肌も、形の良い唇も、ふくよかな胸元も、たちまち健三郎を捉え、彼の内に棲《す》みついた。

これが亀田屋の娘、タカである。このとき十五。

翌日、藩邸に顔を出すと、何人もの藩士に、「おまん、亀田が宿だそうじゃの。運がえいのう」と、小突かれた。

「あすこに、おタカゆう娘がおるろう。もう会《お》うたかえ？　評判の別嬪《べつぴん》ぜ」

「亀田の前を素通りできる奴《やつ》は豪傑か衆道《しゆどう》じゃち、言われちゅうほどよ」

「土佐屋敷の者《もん》も、みな狙っちゅうがや。ここだけの話、龍馬《りようま》さんまでちょっかい出しゆうち噂《うわさ》ぜ」

男らは口々に言って、「おまん、運がえいのう」と繰り返すのだった。

朝餉を運ぶのは、タカの役目らしかった。健三郎は毎朝、鶏が鳴くと同時に目を覚ます。夜着を畳み、顔を洗い、身なりを整えて、朝餉が届くのを今や遅しと待つのである。廊下に足音を聞くと、背筋を伸ばし、書物を読むふりまでした。給仕につくタカと短い会話を交わす。さりげなくその横顔を眺める。健三郎は今まで生きて、かほどに贅沢《ぜいたく》な刻《とき》を味わったことはなかった。

自分の顔貌《きりよう》が男たちの間で評判をとっていることは当人の耳にも入っているだろうに、タカはお高くとまることもなく、常に笑みを絶やさず接してくれる。亀田屋を宿としてからひと月の間に、彼女と語らう刻は少しずつ長くなり、互いの口振りも緩やかに打ち解けていった。

この間《かん》、宮川助五郎の件で動きはなく、健三郎がしたことといえばせいぜい峰吉《みねきち》という小僧に三条制札事件の模様を聞き取った程度である。峰吉は、河原町四条上ルにある書物屋の息子で、土佐藩邸によく出入りしていた。気安さから所用を頼む者も多く、藩士の顔もだいたい見知っている。

「あの日、手負いの竹野さんがうちに飛び込んで来ましてな。私は急いで三条に駆けつけたんやけど、もう後の祭りで」

峰吉はその際、絶命した藩士の遺品をこっそり持ち帰って藩邸に届けるような気働きをみせたが、一件の詳しい顚末《てんまつ》までは知らなかった。新選組がどんな手立てで報を摑《つか》み、戦略を立てたのか——一応調べておいたほうがのちのち役立つだろうと、健三郎は、探索の手立てを組み立てていた。実際に動き出す前に、念のため上役には判じを請わねば、と考えていた矢先、土佐屋敷からすぐ出向くようにと言って寄越《よこ》したのである。新たに頼みたい仕事がある、という。

「おんしに護衛を頼みたい仁があるがじゃ」

藩邸の一室で向き合った目付は、なぜか苦い顔で言った。身辺を護《まも》るとなれば相手は参政か、大事なお役を賜った上士だろうとかしこまって続きを待つと、聞こえてきたのは、意外にも坂本《さかもと》龍馬の名である。

「坂本？　どういて、坂本を？」

常に黙って命に従ってきた健三郎だが、さすがに訊《き》いた。坂本は郷士という低い身分の上に、脱藩した罪で最近までお尋ね者だった男である。

「つまり護衛ではなく、監視、ということですろうか？」

「いや。護衛じゃ。後藤様のお指図じゃき」

土佐藩参政・後藤《ごとう》象二郎《しょうじろう》の名が出て、健三郎は「噂はまことかえ」と内心呆《あき》れ果てる。このところ坂本が後藤に取り入っている、という話は土佐にも伝わっていたのだ。後藤は、坂本の脱藩を許した上に、奴が長崎で立ち上げた亀山社中《かめやましゃちゅう》なる海運業を主とする商社を藩で引き取ることを決め、大坂に詰所まで設けてやったという。亀山社中はこれを機に、海援隊《かいえんたい》と名を改めている。

後藤という男は、郷士や足軽にとって仇《かたき》のような存在だ。昔から身分の低い者を虫けら同然に扱うことで知られていたし、武市半平太《たけちはんぺいた》率いる土佐勤王党員を刑に処した張本人でもある。坂本とて後藤には、何度も煮え湯を飲まされてきたはずなのだ。

「しばらく土佐に戻《もん》ていたようじゃが、また京に入っちゅう。三条の酢屋《すや》ゆう材木屋を宿にしゅうき、おんし、会《お》うてきてくれや。けんど、坂本が酢屋におることは決して他に漏らしてはいかんちや」

では明日にでも早速、と頭を下げながら健三郎は憂鬱であった。

坂本は昔から知っている。健三郎より七つ年長ではあるが、元来が気さくな男であるから、はじめて会ったときから親しげに接してきたし、道場や役目の上で一緒になる機会も多かった。ただ、いかに話をしても、ただのうつけとしか見えぬ男なのである。彼の一貫性がない思想や、しょっちゅう変じる目標に、健三郎はたびたび惑わされてきた。江戸へ遊学に出る前は、「剣で飯を食いたい」と剣術修業に励み、江戸から戻ると「勤王家として働く」と土佐勤王党に加わる、次には「わしが今の土佐を変えちゃろう」と大言壮語し、その舌の根も乾かぬうちに今度は脱藩である。奴の言動は常に支離滅裂で、摑み所がなかった。

だから、坂本が航海術を学び、長崎で船に携わる仕事をしていると聞いたとき、健三郎は強く納得したのだ。あいつの生き方は、不確かに揺れ続ける船とよく似ている。健三郎のもっとも忌み嫌う船に、坂本は行き着いたのだ。

Ⅱ

藩邸から亀田屋に戻ると、主人の太兵衛が潜め声で、

「お客様がいらしたはりまっせ」

と耳打ちしてきた。「誰じゃ」と訊いても、「お部屋にお通ししてありまっさかい」と要領を得ない。念のため柄袋《つかぶくろ》をとって離れの廊下に立つ。と、中からタカの華やいだ笑い声が響いてきたのだ。

不審に思いながら、そろそろと襖を開けた。タカの手前に男がひとり、こちらに後ろを向けて座している。岩盤を思わせる大きな背中とだらしない蓬髪《ほうはつ》とで、それが誰だか健三郎にはすぐ察せられた。やがて、そばかすだらけの顔が振り向き、

「おう、健三《けんざ》。久しいのう」

坂本龍馬は、別段面白いこともないのに呵々《かか》と笑って、傍らの畳を軽く叩《たた》いたのだ。ここに座れという意味らしい。健三郎は長刀をはずし、坂本の指した場所とは隔たった

窓際の壁にもたれて座る。

「そしたら新しいお茶をお持ちしますね」

腰を上げかけたタカに、「わしゃ、いらん」と健三郎は慳貪《けんどん》に言った。

「おまん」

すかさず坂本が、大仰に目を丸くする。

「こがな別嬪によーうほがなぞんざいな言い方がでけるのう。あしゃ、おタカさんが近《ちこ》うにおるだけで胸がつかえて、なんちゃー話せんようになるがじゃ」

「あら。今までようお話しにならはったのに？」

タカが坂本に応えておどけた。これまで健三郎には見せたことのない、けれんのない笑みがその面《おもて》に咲いている。

「そう言いなや。少しでもおタカさんに気に入られたいき、無理して話したがぜ」

「よう言いますわ。お龍《りよう》さんゆう御内儀様《おえはん》がいはるのに」

まるで芸妓《げいぎ》と客のやりとりのようで、健三郎は不快だった。チラと女を睨《にら》む。目が合うと、タカは笑みを残したまま不思議そうに小首を傾《かし》げた。

「確かにお龍は一番じゃ。けんどおタカ、あしゃおまんを二番に好いちゅうぜ」

のうのうと坂本は言い、タカは「まあ」と受けて部屋を出ていった。襖が閉まるなり坂本は健三郎に向き、

「おまん、あしの用心棒を頼まれたがやろう」

女をからかうときとなんら調子を変えず、いきなり藩務の話に切り替えた。健三郎は苦り切ってそっぽを向く。

「よろしゅう頼む。片が付くまでの辛抱ぜ」

坂本が軽く頭を下げる。

「片が付くゆうのはなんぜ。おまんはなにをしゆうがぜ。命を狙われるようなことかえ」

「つまりじゃ。みなが逸《はや》っちゅうき、早いとこ収めねばならんゆうことちゃ。諸藩にもそれぞれ思惑があるき、事がうまく運ぶまでが勝負よ」

なにを言っているのか、さっぱりわからない。坂本の話はいつもこうだ。人物と同じで摑み所も核もない。

「それでの、おまん、ひとつ使いを頼まれてくれんかえ。近く、慎太《しんた》のところへ行ってのう、『あしゃ永井《ながい》様に会うき、ちくと待て』、そう伝えてくれや」

言い終わるなり坂本が立ち上がったから、健三郎は慌てた。

「おい、話を途中で放り出すなや」

「途中? いや、あしゃ全部言うたが」

「まっこと、そう伝えただけで中岡《なかおか》さんはおわかりになるがかえ。わしゃ童《わらべ》の使いではないがやぞ。今の話では向こうでなにか問われても、なにも答えられん」

中岡慎太郎《しんたろう》は土佐北川郷《きたがわごう》の産で、やはり脱藩して諸国を飛び回っている。ただし、なにをしているのか判然とせぬ坂本とは違い、勤王一筋に奔走し、禁門《きんもん》の変も長州軍に加勢して戦った。今は脱藩の罪を許されて陸援隊《りくえんたい》を率いており、その実直で勤勉な人柄は、長らく健三郎の憧れるところだった。

「だいたい永井様ゆうのは誰ぜ」

重ねて訊くと、「幕府若年寄の永井玄蕃頭《げんばのかみ》様よ」と坂本は面倒臭そうに返し、腰を下ろした。

「永井様と必ず話をつけるき、慎太にはそれまで薩摩を止めておくよう、伝えてほしいがじゃ」

「薩摩？　やはり薩長は幕府と戦《いくさ》をするがかえ？」

薩摩藩主一門の島津《しまづ》忠鑑《ただあき》が、千人にのぼる兵を従えて大坂に布陣しているのだ。この薩兵と国許《くにもと》に控えた長州軍とが打ち揃《そろ》って、近く京に攻め入るのではないかという噂も飛んでいた。

坂本は、「うーん」とうなって、ただでさえ乱れている鬢《びん》をかきむしった。着物の肩に頭垢《ふけ》が散って、鮫小紋《さめこもん》の柄を成す。

「いや、いかん。ともかく戦はいかんちや。あーあ。あしがすっと京に入っちょればにゃあ」

依然として、話の筋が見えてこない。それなのに坂本はまたいきなり話題を変え、長崎で起きた英国人水夫斬殺事件について暑苦しく語りはじめたのだった。この一件で海援隊に嫌疑が掛かり、疑いを晴らすのに手間取った、そのせいで京に入るのが遅れたのだと不服面《ふくづら》を作る。

「イカルス号ちゅう船の水夫がやられたんじゃがの、エゲレス公使のパークスまで出てきよって、よう調べもせんくせに下手人は海援隊に違いないち決めつけおったんじゃ。土佐まで来て難癖つけよるっちゅう念の入れようよ。おかげで、天下の大事が迫っちゅうときに、とんだ足止めじゃ。けんど、パークスの談判ちゅうのは、強気で押しが強うてのう。あしゃ、外交いうのはこういうもんかと、目が明いた気がしたぜ」

嫌疑の晴れぬ間、海援隊は英国と交易することがかなわず、取引先を他の異国に切り替えねばならなかった。ひと月ほど前に、和蘭《オランダ》商人・ハットマンとわたりがついて、ようよう念願の品を仕入れることができたという。

「なにを買《こ》うたと思う？」

もったいぶって訊いた割には、坂本は健三郎の答えを待つこともせず、

「ライフル銃を千三百挺《ちょう》」

と、小声で告げた。健三郎は目を剝《む》く。

「えらい量じゃのう。藩命かえ?」

「いや、あしの一存よ。戦になったら使うき」

たった今、「戦はいかん」と説いたばかりのその口で、坂本は平然と言ってのけた。

役目であるから仕方なく酢屋まで送ったが、当の坂本は辺りを気にするふうもなく、四条からわざわざ先斗町《ぽんとちょう》を回って、三条へとそぞろ歩くのだ。鼻歌まで歌っている。

〽ゆんべ見た見た四条の橋で　丸に柏《かしわ》の尾が見えた
よりによって、四侯会議から早々に逃げ出した山内容堂を京雀《きょうすずめ》が揶揄《やゆ》した唄である。

「丸に柏」は山内家の紋だ。

この五月、十五代将軍・徳川慶喜《とくがわよしのぶ》以下、土佐、薩摩、越前、宇和島の四侯が集まり、長州の処遇、異国から迫られている兵庫開港の可否を決める会議が行われた。そもそもは、四侯が開港に強く反対することにより、条約を結んだ幕府は異国と諸藩との板挟みとなるだろうとの企《たくら》みから生じた会合である。薩摩あたりは、これを機に倒幕への道筋をつけんと勇んでいたようだが、結局、諸侯の足並みがうまく揃わぬまま解散に至っている。一方で慶喜は、天朝と話し合いの場を持ち、緻密《ちみつ》な話術と粘りで兵庫開港の勅許を得てしまった。倒幕を目論《もくろ》む諸藩は、これによって幕政追及の切り札を失った。つまり、四侯会議は幕府側の圧勝に終わったと言える。

健三郎は坂本の背中を眺め、首をすくめる。

——なにをしたいんか、誰の味方か、なんちゃーわからん。

坂本の仕入れたライフルの銃口は、どこに向けられるのか。幕府か、薩長か。土佐では未だ藩論が真っ二つに割れている。幕府弱体の今、薩長に与《くみ》するが得策、という意見。開府以来の恩義がある御公儀に弓を引くことはまかりならん、という意見。他藩にも似たような内情だろう。誰もが新政体を望みながら、二百六十年続いた幕府が消えるとは、たやすく信じられぬのだ。

亀田屋の離れに戻って健三郎は、肘枕で横になった。間を置かず襖の向こうから声が掛かる。とっさに身を起こしかけたが、思い直して寝転んだままでいた。入室したタカの顔には、いつもの穏やかな微笑が浮かんでいる。坂本に見せた弾《はじ》けんばかりの笑みとは程遠く、それが健三郎の想《おも》いをいびつな形に蝕《むしば》んだ。

「お客様からいただきましたんえ。よろしければ、どうぞ」

盆の上には、よく熟《う》れた柿が載っている。

「いや……」

健三郎が言うと、「遠慮せんといてくださいね。まだぎょうさんありますよって」と、タカは盆を畳に置いた。

「遠慮ではないがじゃ。わしゃ、柿が苦手やき」

思ってもみないことが口をついて出て、健三郎はこのときはじめて、自分がタカに恋着を抱《いだ》いているとはっきり悟った。ただ眺めているだけで十分なはずの高嶺《たかね》の花を、自ら手折《たお》りたいといつしか願っていたことに驚いてもいた。

タカは健三郎の言葉に動じた様子で、「うち、お好きかどうかも訊かんで」と、顔を赤くし、手早く盆を引き寄せた。その慌て方があまりに可憐《かれん》で、健三郎の口吻《こうふん》はいっそう気持ちとは逆の方向に走ってしまう。

「それからわしゃ、人の給仕で飯を食うのも好かん。特に朝飯は早く済ませたいき」

タカは動きを止め、困惑も露《あら》わに健三郎を見た。

「わしゃあ楽しい話ができるわけでもないきにのう、給仕の間、おまさんも気詰まりですろう」

「気詰まりやなんて……」

「飯は厨《くりや》に自分で取りに行くき、気を遣わんでつかーされ」

投げるように言うと、タカは身をすくめて袂《たもと》を揉《も》んだ。健三郎は寝返りを打ち、タカに背を向ける。

「余計なことやったらすんまへん。せやけど気詰まりなんは、岡本はんのほうと違いますか？」

か細い声には、かすかな怒気が含まれているようだった。

「うちは毎日楽しみにしてたんえ。岡本はんとお話しすると気がくつろぎますよって」

女が突然口にしたことを、健三郎は咀嚼《そしゃく》しようと試みる。その間に襖の閉《た》てられる音がして、振り向いたときにはもう、タカの姿はなかった。健三郎は虚《うつ》けた顔で、無表情な唐紙を見詰める。

「……阿呆《あほ》じゃな」

彼はつぶやいた。

「わしは、とんだ阿呆じゃ」

Ⅲ

「また、『待て』かえ。いったい、いつまで待てばええがじゃ」

中岡慎太郎は、健三郎から坂本の言伝《ことづて》を聞くや、手にしていた兵学書を文机《ふづくえ》に叩きつけた。洛東《らくとう》、白川村《しらかわむら》の藩邸である。藩兵上京の際の屯所として藩が支度した屋敷だが、便が悪いためにこれまで放置されていたのを、この七月から陸援隊が使っているのだ。

「もう薩摩を止める手立てはないがじゃ」

文机に頬杖《ほおづえ》をつき、中岡は窓の外に目を遣《や》った。庭では、陸援隊士らが銃陣の調練をしており、時折、轟音《ごうおん》で銃声が鳴り響いた。

「薩州も藩論は割れちゅうけんど、西郷《さいごう》、大久保《おおくぼ》、吉井《よしい》と、藩の軸におる者《もん》は主戦派やきのう」

中岡が、今年五月に薩摩と土佐の間に結ばれた密約の立役者であることは、健三郎も聞いていた。当時、京に上っていた藩内屈指の主戦派・乾退助《いぬいたいすけ》を西郷吉之助《きちのすけ》に引き合わせ、薩長が討幕の兵を挙げることあれば必ず土佐も加勢すると約したのである。土佐での懐柔は乾に任せ、これがうまく運ばなかったら自分が腹を斬る、とまで中岡は言ったらしい。

ところが、この薩摩との討幕密約に横槍《よこやり》が入る。坂本である。彼は後藤象二郎、福岡孝弟《ふくおかたかちか》と西郷、大久保一蔵《いちぞう》、藩家老の小松帯刀《こまつたてわき》による会合の席を作り、得意の「ちくと待て」をやった。土佐が責任をもって幕府を説くから、挙兵はそれまで待ってほしいというのだった。

薩摩は土佐の申し出を承知し、盟約が結ばれる。後藤はそれを受けて土佐に戻るのだが、兵を上京させるという盟約の一項に肝心の容堂が首を縦に振らぬ。約束の期日を過ぎても後藤は京に戻れず、薩摩は業を煮やして両国間の盟約を破棄すると言い出す。折衝した中岡は土佐をせっつき、薩摩をなだめ、歯ぎしりして後藤の到着を待つ。その間、言い出した側の坂本は、長崎だの土佐だのを気ままに飛び回っていたということになる。

「あのう、中岡さん」

健三郎は、膝を進めた。

「建言ゆうのは……坂本さんは、幕府になにを説く気ですろう」

わだかまっていた疑問を思い切って口にすると、中岡は窓の外に投げていた視線を健三郎に戻した。

「おんし、大殿様が幕府に上げるんをお許しになった建言の中身を聞いちょらんがか?」

呆れたふうに吐き出したのち、

「龍馬の悪い癖じゃ。子細を言わんでも、己の意を周りは察すると信じちゅう。それで、どういて幕府が説けるろう」

嘆息した。中岡曰《いわ》く、坂本というのは他藩との会談の席でも当たり前のように話をはしょるのだという。要点だけざっと告げて、異論が出ても「なんちゃー心配いらん。あしに任せとき」のひと言で済ましてしまう。まるで商人が、誰も見たことのない舶来品を巧みに売りつけるようなもので、たいていの者は怪しみながらも、坂本の悠然とした態度を前にすると煙《けむ》に巻かれてしまうらしい。

「あいつも倒幕を目指しちゅう。それはわしゃ乾、薩長と一緒じゃ」

坂本とは正反対に、中岡は理路整然と誰にでもわかるよう説くことを厭《いと》わない。言動のすべてを筋立てて運び、常に地に足が着いていた。

「けんど龍馬はの、武力を用いずに幕府を倒そうとしゆうがじゃ」

中岡が言った意味を、健三郎は計りかねた。戦以外の方法で、どうやって幕府を潰すというのか。倒幕と聞いても健三郎には、東照公が勝利を収めた関ヶ原の合戦しか想起できずにいる。

「つまり、公方様御自《おんみずか》ら政権を返上していただくよう仕向けるゆうんじゃ」

はじめて耳にする策に声をなくした。

「今月はじめ、土佐は慶喜公にそん建白書を出したき、今は幕府の返事を待っちゅうがや」

なるほど、それで宮川引き渡しの件でも容堂の判断を待てと命ぜられたのか。言ってみれば、土佐と幕府の関係は今、敵か味方か、どちらに転ぶかわからぬ局面にあるということだ。

坂本は容堂を動かすため、新政府の基礎となる綱領まで練って、後藤に託したという。長崎から後藤とともに京に渡る道中、船の中で草案したこの綱領は、酢屋にて海援隊士・長岡謙吉が筆記し、「船中八策《せんちゅうはっさく》」と名付けられることとなる。

「新政府の綱領を、あの坂本が？」

どんな内容か知らぬが、いずれにしても健三郎には、容堂に献策するほどの知恵が奴にあるとは信じがたかった。

「いや。あれは龍馬にしか考えつかんがぜ。あそこまで因習を排したものは」

中岡は薄く笑う。

「ご決断まで刻はかかったが、どういても徳川との戦を避けたい大殿様にとって、龍馬の提言はある意味渡りに船じゃった。この策を慶喜公が受け入れれば、土佐は一躍倒幕派の中心に立てる」

「……けんど、そうたやすく徳川が自ら幕府を投げ出しましょうか？」

「そこよ。薩摩がこの奉還策に乗ったがは、慶喜公が承知するはずはないと踏んでいるからじゃ。幕府が、政権返上などせん、と突っぱねたときこそ、戦に持ち込む最大の契機になるきにのう」

中岡は言って、再び窓の外に目を遣った。

「あと十日じゃ。そこまでは待つ。薩摩はわしがなんとかなだめるき」

銃声が響き渡った。健三郎は思わず身を硬くし、それから長い息を吐く。

白川村を出てまっすぐ西へ、下鴨《しもがも》まで行き、鴨川《かもがわ》沿いに四条へと向かう。北では陸援隊が銃陣の調練を行い、南には薩摩の兵が詰めているというのに、洛中《らくちゅう》は不気味に静かだ。町は、「また戦か」という白けた諦念と緊張とで身動きがとれなくなっているようだった。

亀田屋に戻るのは気が重い。あれからタカは素っ気なく、廊下で行き合っても硬い会釈を寄越すだけ、朝餉を運ぶ役も店の小僧に代わってしまった。詫《わ》びを言う隙もなく、また、なにをどう詫びたものか見当もつかず、常にヒビの入ったギヤマンを脇に抱えているようで健三郎はまったく気が休まらなかった。宿を替えることも考えたが、さもしいことに、タカを目にする悦《よろこ》びを捨てることもできないのである。

十月の川風は、針のように痛い。健三郎は懐手《ふところで》して、川縁《かわべり》から路地に入った。河原町通に出る手前、高瀬川《たかせがわ》から程近い場所に小さな饅頭《まんじゆう》屋を見つけた。店先で羽二重餅が売られている。真っ白で見るからに柔らかそうで、それはタカの頬を思わせた。

「おい」

気付くと、店の者に声を掛けていた。

「これを五つ、包んでくれ」

へい、と返事をした御店者《おたなもの》の顔にうっすら嘲笑がよぎった気がして、

「土産じゃ。わしが食うのではない」

健三郎は仏頂面で言い添えた。

亀田屋に戻ると折良くタカが店先で番をしている。傍らで荷をほどいている奉公人の目を盗み、健三郎は素早くタカに寄って、

「悪いが、あとでちくと離れに来てくれんかえ」

早口で告げた。タカは意外そうな面持ちで束の間、黒目を揺らし、それから小さく頷《うなず》いた。

けれど彼女は、陽《ひ》が落ちても、夕餉の刻を過ぎても、離れに姿を見せなかったのだ。健三郎はそれでも待った。落胆の溜息《ためいき》が、幾度となく吐き出される。

——どうやら見限られたようじゃ。

不安と憤りと羞恥とが代わる代わる胸中を去来し、健三郎を打ちのめした。日中、中岡から聞いた大政奉還の話さえも彼方《かなた》に霞《かす》んでいくほどだった。

すっかり諦めた亥《い》の刻過ぎ、不意に襖の向こうに控えめな声が立った。思わず腰を浮かせたが、あまりに長く待たされたせいで、下肢が痺《しび》れて言うことを聞かない。ともかく入るように促した声も、変に上ずってしまった。

少しの間を空けて、タカが襖を開ける。叱られた童のようにうつむいて、部屋の隅にちょこんと座った。その唇に紅が差してあるのを見つけて健三郎はにわかにうろたえ、羽二重餅の包みを乱暴に畳の上に滑らせる。

「み、土産じゃ。おまんにえいと思うたき、買《こ》うてきた」

中途半端な場所で止まった包みを、タカは物も言わずに見詰めている。健三郎が女になにかを買ったのは、これがはじめてのことであった。

「評判の店か、わしゃよう知らんけんど、おまんにえいと思うたき買うてきたがじゃ」

同じことを二度言った、という意識があった。ますます頭に血が上り、タカが来るまで二刻の間に練っていた話の運びをすべて失った。

「坂本はえい奴じゃ。けんどわしは、中岡さんのほうが偉いと思うがじゃ」

タカが顔を上げる。なんの話がはじまったのだろう、という訝《いぶか》りが浮かんでいる。健三郎もまた、自分はなにを話しはじめたのかと動じ、ますます混乱していく。

「中岡さんはのう、土佐におった頃から私欲なく働きゆうがじゃ。大庄屋の家柄じゃけんど、飢饉《ききん》のときは自ら先頭に立って村人のための麦米を借り入れるようなお人じゃ。国事に関わるようになっても、長州、薩摩、天朝とほうぼう飛び回って周旋したがは中岡さんぜ。それに比べて坂本は、ただ気の向くまま、好き勝手に生きちゅうがや」

言ってから、タカはそういう坂本のなににも囚われぬところを好いているのかもしれぬと思い、健三郎は急いで言葉を足した。

「そもそも、あいつは国事のなんたるかを、わかっちゃーせん。ほうぼう首を突っ込んでかき回しゆうだけぜ」

「あの……」

タカが小さな声を差し入れた。

「うち、お武家はんのお勤めのことはわからしまへんのえ。中岡はんゆう方も、よう存じまへん」

健三郎は我に返る。一気に血の気が失《う》せた。自分はなんと卑小で、男として見苦しいことをしているのかと思えば、もうタカの目を見ることができなかった。

「坂本はんはようしてくれはります。面白い方や。でもうち、口の達者な人は嫌い。浮気な人も好かしまへん」

「すまん。いらんことを言うた。陰で同志を言い腐すなぞ。忘れてくれや」

「聞いてや、岡本はん」

タカがにじり寄った。

「うちはな、物静かで真面目な方が好きなんどすえ」

健三郎は、タカを見た。恐ろしいまでに整った顔立ちが、まっすぐ自分に向けられている。

「それはどういう……」

健三郎が言いさすや、タカは真っ白な頬をほのかに染めて、慌ただしく畳の上の包みを取り上げた。紐《ひも》を解《ほど》き、中から出てきた羽二重餅に、「あらっ」と声を裏返したと思ったら、急に身をよじって笑いはじめた。

「なんが、可笑《おか》しい？」

健三郎は、詰まった喉で訊いた。

「せやかて、お餅やなんて」

「へえ。男の方がくれはるのは、たいてい櫛《くし》や笄《こうがい》どすえ」

「餅が、可笑しいかえ」

健三郎は耳まで赤くなる。

「気が利かんで悪かったのう。わしゃ、おなごのことはなんもわからん野暮じゃき」

ふて腐れて横を向いたが、タカの忍び笑いはいつまでもやまなかった。

「もう、やめぇ。笑うなや」

健三郎が言えば言うほど、タカは嬉《うれ》しそうに笑い続けた。


日を置かず、健三郎とタカは深い仲になった。

互いに長らく抑えていた想いが爆《は》ぜたのだろう、刻を惜しんで睦《むつ》み合った。タカは、どこまで剝いても柔らかく温かかった。健三郎は夢中でその内に溺《おぼ》れた。

相変わらずタカの名は、しょっちゅう藩士たちの口に上る。特に土佐から入京したばかりの者は、噂を聞いてわざわざ亀田屋へ見にくるようなことまでした。

「京娘の肌の白いがは水がえいせいじゃというが、あの娘はとりわけ美しいのう」

「誰が口説いてもまったく乗ってこんというけんど、良い男があるがやろうか」

「町娘じゃき、身持ちがえいのよ。あの器量じゃ、よほどの好男子か御大尽《おだいじん》しか相手にしてもらえんがじゃ」

男らの語り合うのを聞くほどに、健三郎は鼻を高くするどころか、ただただ不安を濃くしていった。彼らの言うタカの「良い男」が、自分であるという事実が疑わしくなるのだ。身分も低く、出世も遅く、といって脱藩する気概もなく、凡庸で容姿とて十人並み、人より秀でたところがひとつもないことは承知している。もしかするとタカとのことはただの幻想で、今頃本物の「良い男」がタカを抱いているのではないか。外に出ていると疑念に駆られ、亀田屋に戻るや健三郎は、性急にタカを引き寄せる。

「どないしたん？　けったいなお人やな」

腕の中にタカの声を聞いて、ようやくそれが現実《うつつ》であると信じられるのだった。

健三郎がそうしてタカと逢瀬《おうせ》を重ねている間に、世は大きく動いた。大政奉還を幕府が受け入れたのだ。

坂本龍馬という稀代《きたい》のうつけ者の描いた夢物語が、現実のものとなったのである。

Ⅳ

徳川慶喜が在京四十藩の重臣を二条城に呼び、大政奉還を諮問したその日、坂本は潜んでいた酢屋から、四条に近い近江屋《おうみや》なる醤油《しょうゆ》商に居を移すこととなった。用心のためだ。健三郎はその護衛を任され、昼過ぎ、酢屋に入る。

部屋には坂本と、中岡の姿もあった。

健三郎が敷居を跨《また》ぐと、「おう、健三」と坂本は陽気に手を挙げ、

「ちょうどえいところに来たぜ。ちくと酒でもやらんか」

言って、「おい、藤吉《とうきち》」と階下に呼んだ。階段が大きく鳴って、相撲取《すもうと》りのように丸まると肥えた男が顔を出す。

「悪いが、酒を買《こ》うてきてくれんかえ」

へい、と男が応えたのを、「酒はいらん」と中岡が厳しい顔で押し止めた。

「藤吉、悪いのう。酒はいらんき、ちくと下がっちょってくれや」

藤吉は困惑顔で両者を見比べたのち、素直に頷いて襖を閉めた。健三郎は、遠慮しつつも窓際に座す。

「慶喜公が政権をお返しになったところで、列藩会議にお名前を残しては薩長の気が収まらんぜ」

中岡は、健三郎を気にもせず、これまでしていたらしい話を続ける。

「けんどのう、開府以来二百余年続いた徳川の天下を天朝に返されるゆうがは、大英断ぜ。慶喜公のおかげで政権返上が成ったがじゃ。ないがしろにしてはいかんちや」

「慶喜公は献身でご決断したわけではないがぜ。幕府がのうなって議政所ができたとき己が議長を務める、形を変えてまた天下を治めるゆう肚《はら》があるがじゃ」

「わかっちゅう。そうならんように方策は練る」

「そんな猶予があるかえ。幕府が瓦解して、慶喜公を中心とした新たな政府ができるがを、薩長が指をくわえて見ゆうと思うかえ」

中岡は、声を低くして続けた。

「えいか。薩摩は、討幕の密勅を出せと天朝に働きかけゆうち噂ぜ。密勅が下れば戦は避けられん。長州はもとより戦のほか道がない。土佐も態度を決めねばならんろう。薩長につくか、あくまで徳川を立てるか」

「あしゃ、どっちの味方でもないき。みんなが政に加われる楽しい世になればえい」

坂本にかかると、一国を揺さぶる政の駆け引きも、爺婆《じじばば》が童に語る民話のようなのどかさをまとってしまう。「ほれにのう」と歯くそをほじりながら坂本は続けた。

「戦は必ず勝てる見込みがない限り、せんほうが利口ぜよ」

「勝てる見込みはあるろう。先の長州征伐での幕府軍のていたらくはおまんも知っちゅうがやろう。それに長州にも大量の武器が渡っちゅうがやき」

坂本の亀山社中が仲介して、薩摩名義で買った最新式のミニエー銃四千三百挺、ゲベール銃三千挺を長州に流しているのだ。それだけあれば、関ヶ原のごとき天下分け目の戦いを目指すこともできるのではないか。

「武器は要《かなめ》じゃ。けんど戦はここで決まるき」

坂本は己のこめかみを、軽くつついた。

「長州の高杉《たかすぎ》あたりが生きちょれば、十分見込みはあった。あれは奇襲の天才じゃったき。けんど今はどうかのう。薩摩の実力もようわからん」

「それでも薩長が動けば土佐が加わらんわけにはいかんぜ」

「そうじゃな。まぁ戦になったら、土佐は」

戦うしかない、と続けるであろうと、健三郎は確信して耳を傾けていた。が、坂本が口にしたのは、意外なひと言だった。

「先陣切ってはいかん」

「え？」

中岡と健三郎は同時に発した。

「そんときは薩長の後ろについてじゃな、見え隠れしながら戦をしゆうふりをすればえいぜよ。さすれば義理も立つろう」

「おまん……戦をなんじゃと思っちゅう。みな、藩の威信を懸けて」

「その考えが古い。関ヶ原の昔ではないがやき。戦で片が付くことはたかが知れちゅう。犠牲の割に実入りは少ないのが戦ゆうものぜ。そういう面倒を避けて思うほうに運ぶのが、国事ゆうものやろう」

健三郎は袴《はかま》の上で拳を握った。倒幕と聞いて関ヶ原しか思い浮かべることのできなかった自分を、坂本に嗤《わら》われた気がしたのだ。中岡がこれみよがしの溜息をつく。

「乾がここにおったら、刀を抜いちょろうのう」

乾退助は今、戦に備え、土佐で兵の増強に勤《いそ》しんでいる。白川村で日々、陸援隊の隊士を調練している中岡にしても、腸《はらわた》の煮えくりかえる思いであろう。坂本ばかりが快活に笑い、

「斬り合いで片が付いたら世話がないろう。世の中を簡単に考えてはいかんちや」

と、誰より世を軽んじ、爪先であしらうように接してきた男とは思えぬことを言うのだ。中岡はしかし、それ以上議論を詰めることはしなかった。薩摩の動向をもう少し見極める必要があると考えたのだろう、「また来る」とだけ告げ、席を立つ。健三郎は階下まで中岡を送り、草鞋《わらじ》を結ぶその背に言った。

「中岡さんのお考えのほうが、ずっと理に適《かな》っちょります。わしは、そう思うがです」

中岡は草鞋の紐を結び終えると健三郎に振り向いて、白い歯を見せた。

「それは嬉しいのう。けんど、この時世に求められゆうがは龍馬かもしれん。奴の考えには、それを縛る枠がない。藩も幕府も天朝も、上も下もないがじゃ。腹立たしいが、あれは一己の才子よ。口にはせんが、おそらく奴にはなにか考えがある。熟すまでしばし待つよりないろう」

龍馬のことを頼んだぞ、危ない目に遭わせてはいかん、と中岡は言い置いて、ひとり

京の町へと出ていった。

　それからしばらく、慌ただしい日が続いた。健三郎が京に呼ばれたもともとの役目である宮川助五郎の放免、引き渡しが、具体的になったのである。いかに罪を犯したとはいえ、大政奉還の立役者である土佐の藩士をいつまでも繋《つな》いでおくわけにはいかぬという奉行所の判断があったのかもしれない。

　大政奉還に勅許がおりると、市中の緊迫は幾分和らいだ。民は、幕府がなくなったことよりも、戦が当面ないらしいことを話題にし、明るい顔を見合わせている。一方で、見廻組《みまわりぐみ》や新選組は最後のあがきといわんばかりに勤王家を取り締まり、薩摩の主要藩士は一斉に京から消えた。国許に戻って、挙兵を促しているのだろう。

　絶えず不穏が潜行する時勢に気を配りながら、健三郎は近江屋に足繁《あししげ》く通い、坂本の護衛を続けた。宿での世話は、酢屋から従った藤吉が負うている。用心のため藩邸に入ることをせず商家に世話になっているのに、座敷は危ないから、と蔵に寝起きしている坂本を見て、奴の仕事が佐幕派からも討幕派からも怨《うら》まれるものなのだと健三郎は解した。誰の味方かわからぬふうを装って、この男は、己が中央をとらんと野心をたぎらせる者すべてを敵に回して世を治めている。そういう際どい橋を渡っているのではないか。

　夜になって亀田屋に戻り、茶を運んできたタカに、健三郎はふと訊いた。

「おまさん、わしのどこがえいがじゃ」

タカがはにかんでうつむく。

「坂本ではなく、どういてわしを選んだがじゃ」

重ねて訊くと、タカは怪訝《けげん》な顔を上げた。

「なんでそこで、坂本はんが出てきますのや」

「いや……」

「そういえば、前もそないなこと言うたはりましたな」

なんでもない、とごまかして、健三郎は女の指に指を絡めた。

「うち、岡本はんの他は目に入らんのえ」

タカが身を寄せてくる。その匂いに覆われながら、健三郎はかすかな優越感を摑む。京でも指折りの美しい女が、一筋に自分を慕っている。坂本には一顧だにくれなかった女が。坂本に勝てる目が、自分にある証《あかし》だ。健三郎はそれと信じるため、やみくもに女の内に沈み込んでいく。

V

十月終わり、坂本から一通の書状が届いた。越前に行くから供をしろ、という。

健三郎はすぐ近江屋に駆けつけ、越前行きの理由を問うた。前藩主・松平春嶽《まつだいらしゅんがく》に上京を促すためよ、藩命じゃ、大殿様の親書を預かっておる、と坂本は面倒くさそうに答えたが、健三郎からすればそれは、震駭《しんがい》するほどの大役だった。

「明日、発《た》とう。早いほうがえいき。おまんが行くゆうことは、後藤様にもお伝えしたきにのう」

坂本は有無を言わさなかった。健三郎はやむなく亀田屋に駆け戻った。旅支度を調《ととの》えながら、容堂の親書を他国の前藩主に運ぶ役を任されるほど坂本は出世したのか、と繰り返し思い、そのたび妬《ねた》ましさが渦巻いた。

夜半、離れに忍んできたタカを、健三郎は朝まで離さなかった。家の者に悟られぬよう、一刻ほどで母屋に引き上げるのが習いになっていたから、タカは何度も身繕いに起きた。そのたび健三郎が引き戻す。明日からしばらく会えんようになるき、と女の耳元には囁《ささや》いた。タカの匂いをまとって坂本に会う、という浅ましい思惑は奥底に留《とど》めた。

翌朝、一睡もせぬまま健三郎は、坂本とともに京を抜けた。

道中坂本は、脈絡もなくいろは丸の話をはじめ、健三郎があからさまな生返事をしてもお構いなしに語り続けた。

いろは丸は伊予大洲《いよおおず》藩の藩船で、海援隊が借り受けて交易に使っていたという。それが今年の四月、紀州船と衝突し沈没した。大洲への弁済の責は当然海援隊が負うことになる。坂本はしかし、ぶつかってきたのは向こうだと言い張り、よりによって徳川御三家である紀州に賠償を迫ったのである。

健三郎は聞いているだけで肝が冷えた。藩との外交を一脱藩浪士が仕切るなど、無謀にもほどがある。

ところが紀州は、何度目かの折衝ののち坂本の要求を呑《の》んだのだ。おそらく奴はまた、とんでもない手妻《てづま》を用いて、相手を煙に巻いたのだろう。が、肝心の賠償金が支払われない。金が作れない、というのが紀州側の言い分で、埒《らち》が明かぬから数日前に海援隊の中島作太郎を長崎に送り、紀州と交渉させることにしたのだ、と坂本は憤然として言った。

「賠償金ゆうがは、いかほどなんじゃ」

健三郎はおざなりに訊いた。どうせ紀州藩にとってはたいした額ではなかろうから、軽くあしらわれているのは坂本のほうではないか、という憶測が頭の隅にまたたいている。そうであれば面白い。

「八万三千両」

すんなり返され、健三郎は思わず声を引きつらせた。

「おまん……なんちゅう大金ぜ。どねぇな船か知らんけんど、一隻でそねぇにするはずがないろう」

「荷を積んじょったき、それも入れちゅう」

「荷ゆうても、金山を丸ごと積んじょったわけではないろう」

坂本はニッと歯を剝いた。

「阿呆。そういうときは多めに言うがじゃ。向こうが叩いてきたら渋々承知する。そうすりゃ恩は売れる、こっちも損はせん。馬鹿正直に払《はろ》うてきたら、丸儲《まるもう》けぜ」

そこから越前城下に入るまでの四日間、坂本は金の話しかしなかった。

こうすれば儲かる、ああすれば金が回ると休みなく唾を飛ばし、その割には後藤に泣きついて用立ててもらったという路銀を徹底してけちった。途中の宿代は坂本がまとめて出したが、外で食う飯は別々に払うことを健三郎に強《し》い、その上「さっきの茶屋で、あしのほうが一文多く払っとらんかのう」といった吝《しわ》いことまで口にした。到底、武士の所為ではない。健三郎は極力言葉を交わさぬようにし、わざと遅れて道中を行く。坂本の、寒さに丸まった背中をげんなりして眺める。

ところがその背筋は越前に入るやぐいと伸びて、総身に武士らしい威風がみなぎっていったのである。無駄口を叩くこともやめ、宿に落ち着こうともせず早々に越前藩士・村田巳三郎を訪ねると、春嶽に拝謁したい旨を端的に伝え、面会を請うた。春嶽とはすでに面識があるらしく、取り次ぎに出た藩吏に対してもかしこまることなく用向きを述べている。あいにく春嶽は多忙とのことで面会こそかなわなかったが、坂本は、

「戦を起こさぬためにも是非とも京に入っていただきたい」

と堂々と述べて容堂の親書を渡したのである。緊張の脂汗を流しながら後ろに控えていた健三郎は、その光景を、狐《きつね》に摘《つま》まれたような心地で見入った。

翌日春嶽からの返書を無事受け取り、やれこれで役目は終わったと胸を撫《な》で下ろしたところで、坂本がまた厄介なことを言い出した。

「ちくと村田さんのところに寄ろう。あしゃもうお一方会いたい方がおる」

「後藤様の言い付けかえ?」

坂本はかぶりを振る。

「あしの考えよ。今、どういても話しておきたい方がおるがじゃ。どっちにしろ訪ねるつもりじゃったけんど、親書を渡すついでができたき、ちょうどよかった」

健三郎は青くなる。仮にも大殿様の親書なのである。ついでで扱うようなものではない。

「おかげで、藩費で越前まで来られたぜよ」

坂本は、唖然《あぜん》とする健三郎に構わず、得々として含み笑いをした。

三岡八郎《みつおかはちろう》というのが「話しておきたい方」であるらしい。よりによって罪人だった。財源経綸《けいりん》に通じた能吏として広く知れた人物らしいが、外交の際に越権行為をしたとかで禁固の刑に処されている。案内役の村田は無論、「会わせるわけにはいかん」と断った。しかし坂本は微塵《みじん》も退《ひ》かず、「そこをなんとか」で、押し切る。そんな言い分が世の中でまかり通るとも思えなかったが、坂本の人懐こいごり押しは、物堅そうな村田の首さえ縦に振らせてしまうのだった。

健三郎は、万事行き当たりばったりな坂本の前で、謹厳実直といった様子の男たちがいともたやすく取り込まれていく様を目《ま》の当たりにしながら、しかしどうしてもそれを信じる気にはなれなかった。こういうものを認めてしまえば、今まで自分がこつこつと地道に勤めてきた道程が嘘《うそ》になる。

三岡八郎は翌早朝、本当に健三郎らが宿としている莨屋《たばこや》を訪ねてきた。想像したよりずっと若い、おそらく四十手前であろう。坂本とは知己らしく、くつろいだ挨拶をした。

「わしは謹慎の身ゆえ、おぬしと話すのも立会人を立てねばならん」

詫びる三岡の後ろには、厳《いか》つい顔の藩士が控えている。

「構わんちや。みんなに聞いてもろうたほうがえい。こっちもひとり立ち会うき。のう、健三」

坂本と三岡が炬燵《こたつ》を挟んで向き合い、健三郎と越前藩の役人二名がそれぞれ、両人の斜め後ろに控える。話をはじめる段、坂本はわざわざ健三郎に向いて、

「土佐に三岡さんのような逸材がおれば、藩はもっと潤いゆうのにのう。惜しいのう」

と、やたら繰り返した。こちらに説いている形をとってはいるが、暗に越前の役人に訴えているのだろう。おそらくは、三岡の謹慎を解く一助になれば、とでも考えているのだ。

それから坂本は、大政奉還の成った経緯《いきさつ》と、とはいえ戦の可能性がなくなったわけではない不穏な京の情勢とを、矢継ぎ早に三岡に伝えた。例の、やたらとはしょる話の運びなのだが、三岡は異様に察しがよかった。

「戦をするのは賢明ではありませんな。坂本君がそこまで戦を避けるのも、正義というより財政のためでしょう」

坂本が、「お」と喉を震わせる。

「さすがじゃ、三岡さん。わかっちゅうにゃあ。まっこと財政のためぜ」

また金の話か、と呆れる健三郎の傍らで、坂本は持論をまくし立てたのだ。

幕府は、財源を組織の内で生み出す仕組みを確立している。旗本・御家人という兵卒も抱えている。だが天朝には、臣下の兵もなければ資金源も諸藩に頼るよりない。今、戦になれば、結局は幕府と、天子様を担ぎ上げた西南雄藩との対立という構図にしかならぬ。それではどちらが勝っても中央がすり替わるだけで、広く公議を開く政体には程遠い――坂本はそう言うのだ。

「これからの政は、民を味方にせねばならん。商人も百姓も巻き込んで、身分にかかわらず優れた人材を登庸し、みなで神州を作っていかねば異国には勝てんちや。そのためにはじゃ、世が変わったことを速やかに民に知らしめねばならん。肌で感じさせるのよ。どういたら一番えいと思う？　健三」

　いきなり訊かれて、健三郎は口ごもる。下々の者にまで徳川から天朝に政の場が移ったと浸透させるのは至難の業だ。京にいる健三郎とて、大政奉還の実感は薄い。

「富じゃ」

　答えたのは、三岡だった。坂本が、得たりとばかりに膝を打つ。

「ほうじゃ。世を変えるときはまず、民を富ませねばならん。ご立派な主義だの主張をいっくら叫んで戦をしたところで、だーれも新たな世が来たとは思わんき」

「戦は、武器商人にはいい商売になりますがなぁ」

　三岡がのどかに茶化した。

「まっことじゃ。旨《うま》い汁を吸えるのはそこだけぜ。戦になれば米の値は上がる、交易も止まる、民は窮す一方よ。そうなったとき不満はすべて、新政府に向けられる。まことの改革は滞る。けんど腹が満ちれば、民は日々の暮らしに追われるだけでのうて、それぞれに学び、知り、一国を考える余裕が生まれる。この国の将来《さき》を話し合いで決める基盤が、自《おの》ずとできるがじゃ」

　三岡に付き添った越前の役人が呆然《ぼうぜん》と坂本を見詰めている。健三郎もまた、腹の底から湧き出してくる、恐怖なのか畏怖なのかわからぬ震えを止めるのに必死であった。

すべての藩が、討幕に打って出るか旧幕府を残すか、ふたつの道で揺れる中、坂本ひとりが、世が変わったのちのことを思案している。自藩の損得から離れ、広く神州を見据えて、ものを考えている。その厳然たる事実をしかし、健三郎はどう受け止めるべきか、わからない。船のように不確かで、すべての枠を突っ切って走っている男のことを理解する術《すべ》など、持ち合わせていないのだ。

「それでの、三岡さん。貨幣鋳造の権限を幕府から天朝に移せばどうじゃろう。資金源を天朝に集める。さすれば慶喜公が議会に名を残したところで、中心にはなれんろう。討幕の動きも抑えられる。戦をせんで、天朝を中心としたまことの公議政体ができるがやないろうか」

「なるほど」

今度は三岡が膝を打ち、それならば金証券を天朝で作ればよい、とすぐさま策を練りはじめた。

話は、夜半まで延々続いたが、健三郎の頭には小難しい経済の話はうまく入ってこなかった。彼はただ、坂本の傍らで息を殺して、途方もない焦燥に耐えていた。

このすぐ後、健三郎と坂本は、越前を発ち京へ向かった。

帰路、坂本は一転して寡黙であり、宿でも四六時中筆を執って一心不乱に書き物をしていた。京に着く前日、「どうじゃ、健三」と、汚れた帳面を示した。乱雑な字が躍っている。

「先に献言した八策をもうちくと練った、新綱領じゃ」

健三郎は、紙面に目を落とした。

〈国内有能の士を招き参議にする〉

〈親兵を置く〉

〈皇国今日の金銀物価を異国と均《なら》す〉

他にも、有能の諸侯を選んで朝廷の職務に就ける、上下議政所設置、など条項が並んでいる。健三郎はまたしても坂本の奥行きに触れ、おののきながらも、とっさに虚勢を張った。

「こがな都合ようい くのかのう。誰もが参議になれる世が来るとは思えんぜ」

強く否定しながらも、坂本ならそんな世を呼び寄せてしまうだろう、という確信も湧いていた。この男はおそらく、とてつもなく大きなものに、選ばれているのだ。

「それに戦が起こらんかったら、おまんの海援隊は大損じゃろう。和蘭の商人から買い取った千三百挺のライフル銃、それが無駄になるきにのう」

ついでに金のことでもあげつらってやると、坂本は懐手して健三郎を覗《のぞ》き込み、「損はせんがじゃ」と、ほくそ笑んだ。

「この間、土佐に戻《もん》たときにさっさと藩に売り払《はろ》うたき。戦で藩兵を出すのは土佐やきのう。海援隊は一銭の損もないがじゃ。いや、むしろ、ちくと上乗せしたき、儲けになった」

いかにも愉快そうな坂本に、健三郎は言葉を失う。そこへいきなり、

「それよりおまん、おタカとはどうぜ」

と、逆ねじをくらって息を詰まらせた。

「あしゃ、この間、おまんらふたりの様子を見て、これは好き合《お》うちょるとすんぐに察したがじゃ」

「くだらんことを言うな」

健三郎は突っ慳貪に返しながら、今回の旅程で一度もタカのことを思わなかったと気付く。女の匂いを鎧《よろい》にして坂本に同道したというのに、それにすがる余裕さえ与えられなかったのだ。

「ごまかすなや。あしにはまことのことを言えや」

坂本が、肩を小突いてくる。

「しっかし、おまんは果報者じゃ。あがな美しいおなごに選ばれたがぜ」

健三郎の足がつと止まった。呆然と、隣の偉丈夫を見上げる。

——そうか、わしはせいぜい、おなごのひとりに選ばれるだけの器か。

胸の内に声を聞いた。

「のう、健三、他の者には言わんき、教えてくれんかえ」

しつこく言い募る坂本から目を背け、健三郎は再び急ぎ足で街道を行く。

京に入り、坂本を近江屋まで送って亀田屋に戻ると、タカは顔を明るくした。夜更け、離れに忍んできて、寝ていた健三郎にすがりついた。「ようご無事で。うち、うれしい」と、胸元《もん》で囁いた。健三郎は薄闇の中で女を見、それからゆっくり目を閉じる。

「すまん。戻たばかりで今宵《こよい》は疲れちゅう」

ひと言だけ投げて、女に背を向けた。

VI

越前より戻ってからというもの、健三郎は藩邸で過ごす刻を増やし、亀田屋に戻るのは二日に一度、しかも夜更けに裏木戸から入って仮眠をとるに止めた。

「この頃、お帰りが遅いんやね」

廊下で行き合うとタカは、頼りなげな顔で健三郎の袖を引く。どう返すべきか、逡《しゅん》巡《じゅん》した。タカはこれまで通り、美しく、柔らかで、温かいのだ。そうして十五歳の一《いち》途《ず》さとけなげさで、健三郎を慕っている。

「ちくと厄介な役目があってな。かかり切りなんじゃ」

苦しまぎれの言い訳をした。健三郎の役目は未だ、宮川の身柄を引き取ること、坂本の護衛をすること、という藩に命ぜられたささやかなものである。

宮川助五郎の引き渡し期日は十一月十五日と決まり、その日、獄から出された宮川を、健三郎は一旦藩邸に届けた。この後は陸援隊に身柄を預けるがよかろう、と藩吏が決め、中岡との話し合いを任された。

昼少し前、健三郎は白川村に出向いたが中岡は不在。一旦亀田屋に戻ってから近江屋に向かおうとしたところで、タカに呼び止められた。

「昨日からおくどさんで芋棒《いもぼう》を煮とるんえ。毎年たくさん作るのえ。岡本はんの分も取っておきますよって、早《はよ》う戻ってや」

店先であるのも構わず、女は懸命な目で、健三郎にすがってくる。罪の意識がちらりとかすめた。

「……わかった。ほいたら相伴《しょうばん》に与《あずか》ろう」

人目を憚《はばか》り小声で返すと、タカは今にも飛び上がらんばかりにして、声を弾ませた。

「よかった。六ツにはできるさかい、早《は》よ帰ってきてな」

奉公人の何人かがこちらを見た。健三郎は、相槌《あいづち》もそこそこに亀田屋を出る。近江屋への道を辿《たど》りながら、わしはなにをしゆうがぜ、と吐き捨てた。

坂本はこの日、蔵ではなく母屋の二階におり、綿入れをかけた背中を丸めて火鉢を抱き込んでいた。

「風邪《かぜ》を引いたがじゃ。寒うてかなわん」

「土蔵でなんぞ寝るからよ」

健三郎が呆れ声を出して屛風《びょうぶ》の前に座るや、坂本は性懲りもなくいろは丸の話をはじめた。とうとう紀州が賠償金を支払うのだという。ただし七万両に値切られ、海援隊はその条件を呑まざるを得なかった。

「それでも二万、いや二万五千は儲けた」

と、坂本は抜け目なく笑い、そのまま咳《せ》き込んだ。

「のう、坂本」

灰かきをいじりながら、健三郎は訊く。

「おまんは新たな世になったらなにをするがじゃ？　上院の参議にでもなるがかえ」

坂本は咳《せき》の内から、けたたましい笑い声をあげた。

「阿呆。あしゃ論ずるのは好かんき、議員は向かん」

「なにを言いゆうがぜ。おまんが考えた議政所やろう」

「議政所はのう、新たな政には必ず要る機関ぜ。けんど、人には向き不向きがあるき。あしゃ、人を説くのが下手じゃ。三岡さんのように話のわかる仁が相手ならえいが、たいがいはこっちが思いゆうことの半分も通じんぜよ。そういう輩《やから》に一から話をするのは骨じゃ」

その「下手」な説得で、この男は大政奉還まで成したのだ。健三郎は目眩《めまい》がするようだった。

「そしたら、なにをするがぜ」

「ほうじゃのう。一度神州を出るのもえいかもしれん。航海術を学んだんじゃ、異国の土を踏まねば面白うないき」

健三郎はまばたきも忘れて、そばかすだらけの顔に見入る。

「けんど、おまんの出世はどうなるがじゃ。公議政体を献策したがはおまんじゃろう。己の作った世から逃げ出すゆうがかえ」

「逃げ出すわけではないちや。もっと先へ進むんじゃ」

健三郎は、また坂本の本心を摑み損ねる。火鉢の炭が、小さく爆ぜた。

「のう、坂本。おまんのように生きるには……」

言いかけたとき、足音が上がってきた。藤吉のものとは明らかに違う。坂本は動きを止めて耳を澄まし、床の間に立て掛けてある刀に手を伸ばした。健三郎も傍らの大刀を引きつける。

「横山勘蔵じゃ、入るぞ」

声が掛かった。変名を用いているが、中岡の声である。健三郎は大刀を捨て、慌てて襖を開けた。洟《はな》をすすりつつ坂本が、

「今日はなんの用ぜ」

訊くと、薩摩邸に書状を届けて返書をここへ持ってくるよう峰吉に頼んだのだ、と中岡は答えた。

「薩摩の挙兵の動きを訊いちゅう」

中岡が言うのを聞いて、健三郎はひと昔前に引き戻されたような気になる。坂本は戦をせぬため大政奉還を献策し、それを幕府に受け入れさせたのだ。さらに貨幣鋳造を天朝で為《な》すことで徳川の実権を奪い、藩や身分に関わりなく、選ばれた人材が政を行うという構想まで彼の頭の中ではできあがっている。あとは、それをどう形にしていくか、という方策を詰めるところまで来ているわけで、挙兵云々《うんぬん》といった段にはいないのである。

案の定坂本は、しわぶきで返事をごまかした。

「ほうじゃ、中岡さん」

健三郎はとっさに間に入った。

「宮川が先刻、奉行所から引き渡されましたんじゃ。身柄を陸援隊で預かってはいただけんでしょうか」

「宮川？　ああ、高札を引き抜いた奴かえ。えいぞ。血気盛んな証ぜ。きっと役に立つ」

そうするうち峰吉が、薩摩からの書状を持って現れた。中岡は難しい顔でそれに目を通して、

「はっきりしたことは言わんのう、薩摩は。けんど、おそらくは戦になるろう。土佐も備えねばならんぜ」

詰め寄るも、坂本は煮え切らぬ相槌を返し、挙げ句、

「腹が減ったのう。おい、峰吉。おまん、ちくと軍鶏《しやも》でも買《こ》うてきてくれんかえ」

と、話を逸《そ》らした。

「なんじゃあ、人が大事な相談をしゆうときに」

中岡は口を歪《ゆが》めてから、「仕方ないのう」と峰吉に銭を渡す。健三郎はそこで、芋棒のことを思い出した。六ツはとうに過ぎている。中座したものか束の間迷ったが、討幕の論をのらりくらりとかわす坂本を見るのも忍びなく、立ち上がって大刀を差した。

「峰、わしも一緒に出る」

「付き合いが悪いのう。おまんも一緒に食うていけや」

坂本は言ってから、わざとらしく肩をすくめ、

「ほうか、お夕カが待っちゅうがか」

と、これ見よがしににやけた。中岡が目を瞠《みは》り、

「おんし、あの別嬪とできちゅうがか」

と、珍しく下世話な口調で健三郎に迫る。

「あ、しもうた！　お夕カのことは誰にも言わんち、あしゃ、健三と約したぜよ。慎太、他の者《もん》に言うてはいかんぜ。嫉妬から健三の命が狙われるき」

真偽のほどを確かめたわけでもないのに、いかにも真実らしい言い方をして坂本は笑った。

このとき健三郎の中に、坂本と張り合う気持ちが湧いたのは、どういうわけだったのだろう。彼はお夕カのことを打ち消さず、あえて意味ありげな笑みを作り、

「ともかくわしには約束があるき」

そう言い置いて部屋を出たのだ。「まことかえ。あの別嬪と」という中岡の声と、快活な坂本の笑い声が、階段を下りる健三郎の頭上に弾けていた。

階下で楊枝《ようじ》を削っている藤吉に、「階上《うえ》のこと、頼む」といつものように声を掛けて、通りに出た。

寒いと思ったら、白いものが舞っている。

峰吉と肩を並べて歩くうち、自然、三条制札場一件の話になった。あの夜、辺りは血だらけでひどいものだった、人の体にはあんなにたくさん血が流れているのかと思ったら身がすくんだ、と峰吉は言った。

亀田屋の前で、峰吉とは別れた。雪の中を小走りに行く小僧の後ろ姿を、健三郎はしばらく見送った。この後、軍鶏を買って近江屋に戻った峰吉が、再び血のあまた流れる凄惨な場を見ることになるとは、つゆ思っていなかった。

坂本と中岡が刺客に襲われたのは、健三郎が近江屋を出て半刻も経たぬうちのことだったという。坂本はその場で絶命、中岡は二日後に逝った。

下手人は、誰とも知れない。新選組か見廻組に違いないと決めつける者もあったし、いや紀州が怨んでの仕業じゃ、という者もあった。諸藩にも坂本を目障りに感じていた者は少なからずいるだろう。そんな状況であったのに、健三郎は坂本を護ることも忘れ、ひたすら奴の背を追ってしまったのだ。

下手人捜しに奔走することさえ、健三郎にはかなわなかった。葬儀を取り仕切る役を任されたためである。東山霊山《りょうぜん》にふたりを葬る段取りを組む、その中心にいながら、健三郎はただ惚《ほう》けたようになっていた。

弔《とむら》いを終え、久方ぶりに亀田屋に戻った夜、タカが離れを訪《おとの》うた。坂本の件で悔やみを言い、働き通しである健三郎の体を案じた。

「せやけど、こないに身近な方がお亡くなりになるやなんて……。岡本はんも間際まで坂本様と一緒にいはったんやろ。うちな、あの日岡本はんのお帰りがもう少し遅れとったらと思うて、怖なったんえ」

女に言われてふと、あの晩、坂本とともに軍鶏を食うことにしていたら、と健三郎は思ってしまう。もし自分があの場にいたら、防げたのではないか。坂本の命を救えたのではないか。あの日、芋棒なんぞに呼ばれなければ――。

タカのせいではない。タカとは関わりはない。しかし健三郎は、一分の隙もなく整った女の顔が自分に向けられていることを、このとき、耐え難いように感じたのだ。

「岡本はんはきっと運が強いんや。ほんまに大事のうてよかった」

女が声を震わせ、健三郎の指に指を絡めてくる。

その手を、健三郎は邪険に払った。

「あっ」

と、驚いて声をあげたのは健三郎のほうだ。女ははねつけられた手を押さえ、はじめて会う者を見るような目をこちらに向けている。

「すまん」

健三郎は言った。頰を引きつらせつつも女が、「いいえ」と首を振りかけたとき、

「すまんが、ひとりにしてくれんかえ」

と、彼は追い討ちを掛けていた。女は、池に投げ込まれた猫のような哀嘆を浮かべ、部屋を駆け出していった。

ひとりになって健三郎は、障子を開けて暗夜と向き合う。

「わしは、阿呆じゃな」

誰にともなく言った。

雪が降っている。音を立てず、忍びながら、降り積もっていく。

光^{こう}

華^か

光こう

華か

I

黄金《こがね》の粒が、高く澄んだ空から降り注いでいる。木々の一葉一葉が、巡る光に鮮やかに照っていた。色づきはじめた東山《ひがしやま》に佇《たたず》んで、中村半次郎《なかむらはんじろう》は深々と息を吸い込んだ。

「秋っちゅうとは、清か気品に満ちとっな」

掃いたような空を見上げてつぶやくと、傍らを歩いていた小野清右衛門がぷっと噴き出した。

「中村どんな、時折風雅なこっを言いもすなぁ」

「よう詩を書いておらるっと、おや聞いたこっがあいもす」

田代五郎左衛門の言を受けて、片岡矢之助がやや声を潜めて続く。

「示現流《じげんりゅう》屈指の使い手が、案外なこっじゃ」

「ああ。巷《ちまた》で人斬りと恐れられちょっ御仁とは思えもはん」

調子に乗って中島健彦が叩《たた》いた軽口に、半次郎は眉を曇らせた。

「巷でなんと言われちょっか、おいは知らん。じゃっどん、おいはおいよ」

言い捨てて、足を速める。しばらく行ったところで、後ろに従う四人の藩士が重く黙しているのに気付き、きつく聞こえたじゃろうか、と半次郎はうっすら気にした。歩を緩め、笑みを作って振り向き、

「どうじゃ、たまにゃ、みなで和歌でん作っか」

朗らかに声を掛けた。藩士らは安堵《あんど》したふうに顔を見合わせ、

「おや和歌など詠《よ》めん。妓《おんな》の前で歌う都々逸《どどいつ》でん精一杯じゃ」

片岡がおどけると快活な笑いが立ち上った。

慶応三年の秋が、深まっていた。半次郎の京での暮らしも、文久二年に薩摩藩国父・島津久光《しまづひさみつ》の上洛に従者として加わったときから数えて足かけ六年にもなる。この三月、太宰府《だざいふ》に留め置かれている勤王派公卿《くぎょう》・三条実美《さんじようさねとみ》を訪《おとの》うために一旦は京を離れたが、五月には再び入京し、二本松の薩摩屋敷に詰めていた。

薩摩は昨年、尊王攘夷《そんのうじようい》派の急先鋒《きゆうせんぽう》だった長州と暗々裏に同盟を結んでいる。長らく公武合体路線を軸としてきた薩摩はここで、倒幕へと舵《かじ》を切ったこととなる。幕府を打ち壊し、天朝を政《まつりごと》の主《あるじ》にした世に改める——それこそが、誰もが等しく幸を得て暮らすことのできる道だと、半次郎も信じて疑わなかった。

「和歌はよかもんよ」

半次郎は、片岡に言う。城下士の家に生まれ、貧しい暮らしを強《し》いられてきたから、

幼い頃より半次郎には学問に携わる機会が乏しかった。ことに父が役目で失態を犯し、徳之島に流されてのちは、一家を支えるため小作として働かねばならず、書を読む余裕も持ち得なかったのだ。唯一、示現流の稽古だけは続け、城下一、二を争う剣豪と名が知れるまでになったが、文識が乏しいことにはずっと引け目を感じていた。ために京に来てからは、暇を見つけて書物をひもとき、和歌や漢詩にも親しむようにしている。

「せっかくこんか美しか京におるんじゃ。景色を愛《め》でんな損じゃ」

「そう言おいもんが、こげん世情が険しかときに景色を楽しむゆとりもあいもはん」

田代が物憂《ものう》げに応えた。

公武合体か、倒幕か。諸藩、向かうところが割れている。薩摩にしても、長州と同盟を結びこそすれ、一方では公議政体を強く唱える土佐とも盟約を結んでいるのだ。どちらに転ぶのか、刻々と移り変わる世情に京駐在の藩士たちは常に兢々《きょうきょう》としている。

そんな日々でも半次郎が散歩を習いにしていることを、周りの者は「暢気《のんき》なこっだ」と言い散らす。だが半次郎はなにも、戯《たわむ》れに外を歩いているわけではなかった。市中巡視の目当てもあったが、それ以上に京という町を己の体に刷り込む修練でもあるのだった。道の勾配や陽《ひ》の射《さ》し方、見通しがどれほど利くか——仮に斬り合いになったとき、自然や地形をいかに味方につけるかが勝負を決することもある。

東山をゆるゆると下りて、東洞院通《ひがしのとういんどおり》に出た。四条へ足を向けると、徐々に人通りが増えてきた。商人やら旅人やらが盛んに行き交っている。

――おさとん顔を見いけいっか。

ぼんやり思ったときだった。人混みの中に知った顔を見つけて、半次郎はつと足を止めた。すぐ脇にある小間物屋の看板に素早く身を隠す。

赤松小三郎《あかまつこさぶろう》。

信州上田藩士にして、優れた洋式兵学者である。烏丸通《からすまどおり》今出川《いまでがわ》を西に二筋入った宿で兵学塾を開いており、西洋の銃陣や武器に精通していた。藩邸でも講義を行っていたため、半次郎も昨年から赤松の門弟となったのだが、ひと月前から教えを受けるのを避けている。

赤松が、強硬な公武合体論を唱えはじめたからだった。塾生に説くのみならず、十五代将軍の座に据わった徳川慶喜《とくがわよしのぶ》に謁見し、公武合体を目指すべきだと具申したと耳にした半次郎は、すぐさま赤松に詰め寄り、このまま幕府を残しては世は変わらぬ、と切に訴えたのだった。

「いや。御公儀は残すべきじゃ。開府以来、政を一手に引き受け、長らく平穏な時代を築いてきたのは他でもない、幕府なのだ。これを排斥し、執政から遠ざかっていた天朝にいきなり政を委《ゆだ》ねて、果たして世が治まろうか」

不敬ともとれることを、赤松は傲然と言い返した。さように生ぬるい処断でこのまま徳川に政を任せれば、いずれ異国に蹂躪《じゆうりん》される——そう説きたかったが、武力倒幕に持ち込むという薩摩の真意は今のところ秘すべきだとの心得が、半次郎にそれ以上の反駁《はんばく》を控えさせた。

「御公儀の執政は不甲斐《ふがい》ない、異国に対しても弱腰だ、と揶揄《やゆ》するのはたやすい。しかし学ぶべき点も少なからずあろう。良い点は生かし、悪《あ》しき因循《いんじゆん》を排し、こののちは天朝と手を取り合い、柔軟に政を行うことこそが賢明な道じゃ。公方様もわしの意に賛同してくださったのじゃ」

誇らしげに語られたその日を境に、半次郎は赤松の講義から遠ざかったのだ。

背後に田代たちが寄った。

「どうしたんな」

と、怪訝《けげん》な声を出した彼らに、「身を隠せ」というふうに目で送る。四人が小間物屋の陰に身を潜めたのを確かめてから、今一度通りを窺《うかが》った。書物を抱えて歩いてくる赤松を片眼《かため》で追う。このまままっすぐ通りを来れば、半次郎の前を横切ることになる。

——どげんす、赤松を。

逡巡《しゆんじゆん》する間に赤松は不意に体の向きを変え、小間物屋の斜向《はすむ》かいにある薬問屋脇の小径《こみち》に折れてしまった。師の姿が眼前からかき消えたことに半次郎は動じ、とっさに跡を追う。

「田代、おいに従え。あとん者《もん》は、そこらの茶屋で待っちょれ」

口早に告げたが、片岡たち三名も田代に続いて後ろをついてきた。

「ふたりでどこに？」

「来っな。すぐ戻る。待っとれ」

素早く言い捨て、半次郎は田代のみを伴い赤松をつける。尾行は、少人数で行わなければたちまち露呈する。

「なんをすっつもいか」

小走りで従いながら、田代が小声で訊《き》いてきた。半次郎自身も、赤松をどうするつもりか、己の中で決していない。公武合体についての議論をふっかけるつもりか、その考えを正すつもりか――いや、そいつは無益だ。いかに論じても埒《らち》は明かぬ。そう悟った刹那《せつな》、意は決した。半次郎は歩を進めながらも田代へ半身を開き、

「斬る」

ひと言、放った。「え」と短い応じはあったが、田代はそれ以上言葉を継がない。

半次郎は一旦思い決めてしまうと、それが不意に湧いた衝動であっても迷うことはなかった。剣を扱うとき、迷えばそれはすなわち死であることを、道場で嫌というほど体に叩き込まれたせいかもしれない。

赤松は通りを南に向かっている。急《せ》いているところを見ると、このあと誰かに会うの

かもしれぬ。だとすれば、落ち合う前に片を付けなければならない。半次郎は徐々に間合いを詰めていく。足音が立たぬよう、草履《ぞうり》からはみ出した爪先で土を掻《か》くようにして進んだ。

佛光寺近くまで来ると、ひと気はまばらになった。半次郎は斜め後ろの田代に目配せし、佩刀《はいとう》の鯉口《こいぐち》に手を掛ける。と、そのとき左の辻《つじ》を曲がってきた武士が、「やぁ、赤松先生」と手を挙げたのだ。半次郎は飛び退《の》いて脇道に逸《そ》れた。それに倣《なら》った田代が、

「あれは薩摩の藩士《うちもん》じゃなかか。確か野津とかいう」

と、囁《ささや》く。半次郎は顎を引いた。野津七次も赤松の塾生なのだ。ここで落ち合う約束だったのか、偶然行き合ったのかは知れぬ。

「先回いして待ち伏せすっぞ」

半次郎は短く命じ、大股で裏道へと舵を切る。町家の間をすり抜けて五条《ごじょう》に出、そこから佛光寺の方面へと引き返していった。今度はそろそろと、慎重に歩を進める。

「助太刀《すけだち》はいらん」

振り返って田代に告げた。

「ただ、赤松が逃ぐっようなこっがあれば、道を塞《ふさ》いでほしか。背後から斬っことはでけんから」

どうか赤松ひとりであってくれ、と心中で念じた。同藩同士で斬り合うわけにはいか

ぬのだ。

陽が西に傾いてきた。佛光寺へと徐々に近づいていく。通りには半次郎と田代だけである。ふたりのせわしない息づかいが、町家にこだまする。

と、そのとき道の先に人影が現れた。

赤松だ。幸い、ひとりである。

半次郎は鯉口を切る。田代の唾を飲む音が背中に聞こえた。

家の軒先にぶら下がっている干し柿を眺めつつ、ゆるゆると歩いていた赤松が、半次郎を見つけて足を止めた。面《おもて》に険が浮き出た。

「中村か。奇遇じゃな。このところ塾に顔を出さぬが、どうしておる」

平静を装ってはいるが、声がわずかに上ずっていた。赤松はおそらく、薩摩が討幕へと藩意を固めつつあることを嗅ぎ取っている。半次郎は答えず、黙って間合いを詰めていく。田代が素早く赤松の背後に回り込んだのを確かめて、じりじりと夕陽を背負う位置へと身を滑らせていった。その動きを追うようにして半次郎を睨《ね》め付けている赤松の顔に、正面から西陽が射したところで足を止めた。

「なんじゃ。なにゆえなにも言わん。何用で参ったのじゃ」

赤松は、まぶしげに目を細めつつ訊く。

「先生に教えてもろた洋式兵学を、おや忘れもはん」

言うや間髪《かんはつ》を容《い》れず、右手を柄《つか》に掛けた。赤松は低くうめき、抱えていた書物をその場に放った。が、腰の物に手を掛けようとはせぬ。

——命乞いでんすっつもいか。

半次郎はわずかにためらった。刹那、赤松が懐《ふところ》をまさぐり、鉄の塊《かたまり》を取り出したのだ。

——短銃か。

察すると同時に半次郎の右足が大きく踏み込まれた。大刀を抜きざま大上段に振りかぶり、赤松の左肩から右腹まで一気に斬り下げる。血しぶきが天に向かって噴き出した。真っ赤な霧の中で、赤松の軀《からだ》がくずおれる。手は撃鉄に掛けたままだ。半次郎は、まばたきも忘れて立ちすくんでいる田代に「行くぞ」と、短く告げると、刀で空《くう》を切って血を払い、鞘《さや》に収めるや後ろも見ずに駆け出した。

「中村さぁの剣技を見っとははじめてじゃっどん、おいには太刀筋がまるで見えんかったでごあす」

横に並んだ田代が言って、身震いした。半次郎はこれには応えず、

「おはんは片岡らぁを茶屋に呼びに行け。おいは藩邸に戻って斬奸状《ざんかんじょう》をしたためる」

素早く命じ、単身、二本松へと道をとった。

総身が妙にむず痒《がゆ》い。かすかな吐き気と、それを上回る昂揚《こうよう》とが、臓腑《ぞうふ》を這《は》いずり回

っている。刀から伝ってきた肉の重みが、今頃になって首筋をざわつかせた。

――斬った。赤松を。

京では「薩摩の人斬り」と恐れられている。勤王家と見れば節操なしに刃《やいば》を振るうあの新選組《しんせんぐみ》でさえ、「薩摩の中村は避けよ」と内々で言い交わしているとも聞く。無論、それだけの剣技を身につけたという自負はある。家格が低く、学に秀でていたわけでもない半次郎が京に上れたのも、剣の腕を買われてのことだった。ただ半次郎は、「人斬り」と異名をとるほどの殺生《せっしょう》はしてきていない。長州が御門に砲を撃ち放った禁門《きんもん》の変ですら、守護に徹して長州勢に斬りかかることは避けたのである。

藩邸の門をくぐり、誰にも会わぬよう足早に自室に入った。懐紙を取り出し、まずは刀を拭う。一心に手入れをしていると、ようやく昂《たか》ぶりが収まってきた。手水場《ちょうずば》で入念に手を洗い、文机《ふづくえ》に向かうとおもむろに筆を執った。

〈この者儀、かねて西洋を旨とし皇国の御趣意を失い、かえって下を動揺せしめ不届きの至り〉

半次郎が赤松塾の門を叩いたのは、これからの世を剣技のみで渡っていくのは難しかろうと考えたからだった。来航した異人が優れた武器や艦船を所有している様を目の当《ま》たりにすれば、異国の兵学を盗まねばならぬことくらい容易に察しが付く。一方で、これまで必死で技を培い、己の支柱となっている剣術が、過去の遺物となっていくのを虚《むな》しい心持ちで受け止めていた。

――赤松は偉大な仁じゃった。じゃっどん、討幕の動きを止め立てすっ者《もん》を野放しにしては、世のためにならん。

幕府がなくなれば、これまでの身分の上下もなくなろう。さすれば貧富の差も均《なら》されて、みなが等しく、思うままに生きられるようになるのだ。

斬奸状の墨が乾くのを待ち、藩邸に詰めている実弟の山之内半左衛門《やまのうちはんざえもん》を呼んだ。

「こいを三条大橋の制札場に貼ってきてくれ」

半左衛門は文面に目を通したがさほど驚きもせず、

「首級《しるし》はどこじゃ」

と、訊いてきた。半次郎が首を横に振ると、

「昼間じゃっで、しょうがなか」

慰めるように応え、書状を手に退出した。

座敷にひとりになると、半次郎は肺腑に溜《た》め込んだきりになっていた息を思うさま吐き出した。肉の重みはまだ掌《てのひら》に残っている。畳に仰向けになり、目を瞑《つぶ》る。と、ひとりのおなごが目蓋《まぶた》の裏に浮かんできた。

「おさと」

つぶやいてみると、身の内の澱《おり》が少しだけ流れていった気がした。

Ⅱ

村田煙管《キセル》店は、四条小橋東詰に暖簾《のれん》を出している。

構えはさほど大きくはないが、品揃《しなぞろ》えが確かだと評判が高く、常に客で賑《にぎ》わっていた。薩摩藩士が贔屓《ひいき》にしていることもあり、半次郎も繁《しげ》く出入りしている。

暖簾をくぐると縁台の置かれた土間、その奥に商品を並べた小上がりが設《しつら》えられている。畳の間を衝立《ついたて》で仕切った奥には、主人《あるじ》の詰める帳場や在庫を仕舞う棚が並んでいるらしいが、そこまでは足を踏み入れたことがない。たいていは散策の途中、土間の縁台でしばし休ませてもらい、店の者と四方山話《よもやまばなし》に興じるのが常だった。

ここに、さと、という娘がある。歳《とし》の頃は十八、九。色白で小柄、際だった器量よしというわけではないが、気立てが良く、さりげない所作に品があった。心にもない愛想を使う妓《おんな》と違って、さとの態度には押しつけがましさやわざとらしさが微塵《みじん》も見当たらない。そうして彼女《かれ》の言葉には、いつも真心が宿っているように半次郎には感じられた。

「中村様は、ほんまに明るいお方やなぁ。お話ししてると楽しいわ」

言葉を交わすようになってひと月ほど経った頃、さとが不意に言ったことがある。そのとき半次郎は不思議な感覚を得たのだ。常に気を張り、用心して日を過ごしているために、いつしか硬くこわばってしまった体が、ゆるりと溶けるような感覚だった。

——そういえば、おいはもともとそげな男じゃった。

脳裏に、故郷《くに》の景色が浮かんだ。京に入ってからというもの分厚い鎧《よろい》を着込み、いつしか見えなくなっていた生来の姿が一瞬で甦《よみがえ》ったようにすら感じた。細かなことを気にせず、滅多なことでは挫《くじ》けず、貧しい暮らしの中でも「なんとかなるだろう」と、おおらかに構えていた、自分は本来そういう男だった——そんなことを思い出したのである。

垂れ目をいっそう下げて笑うさとを意外そうに見遣《みや》ったのは、むしろ、半次郎と一緒にいた薩摩藩士たちだった。みな、しばし戸惑ったふうに顔を見合わせていたが、「なにを言うんじゃ。こいつは人斬りと異名をとって恐れられちょっ男じゃぞ」と明かす者がなかったのは、幸いだった。

半次郎は程なくして、さとと表でも会うようになった。よく使っていたのは、祇園《ぎおん》から建仁寺《けんにんじ》に向かう小径にある茶屋で、この二階でさとと向かい合っている刻《とき》だけは、ひとりの若者に戻ってくつろぐことができたのだ。

国許《くにもと》で兄弟たちとよく相撲《すもう》をとっていたこと、畑仕事のさなか牛に踏まれかけたこと、はじめて京に入ったときにさんざん迷って町人に道案内を請うたこと——とりとめもない話を、さとは目を輝かせて聞き、ころころとよく笑った。聞いているこちらが、つられて口元を綻《ほころ》ばせてしまうような笑い声だった。

「こうやってずーっと中村様と話しとけたら、幸せやろうね」

笑うたびにさとは、目尻に溜まった涙を払いながら、そう言ったのだ。

「どうやら今宵《こよい》、土州と談じ合いがあるごっじゃ」

弟の半左衛門がそう耳打ちしてきたのは、赤松を斬った六日後のことである。

「土佐の誰じゃ」

「後藤《ごとう》象二郎《しょうじろう》ちゅう藩家老よ」

半次郎は奥歯を噛《か》んだ。

「坂本《さかもと》龍馬《りょうま》の献策を取り上げた男じゃ。幕府に政権を返上せよと、献策しよっとじゃ」

「武力倒幕をせんちゅうとな」

「うむ。この五月に薩土の間で討幕の密約も結んだばかいじゃっどん、六月には坂本さあが武力での討幕はならんとして、政を天朝が行えるよう幕府に働きかけるこつ唱えとっ。そいをもって薩土盟約を結んじょって……」

戦わずして幕府に政権を返上させるのか。もしくは幕府を討って滅するのか。目的は同じ倒幕でも、手段が割れている。それはつまり、徳川を残すか、廃するかという論でもあった。

この日の土佐との会合は、薩摩藩家老・小松帯刀《こまつたてわき》の屋敷で行われるという。薩摩からは他に、西郷吉之助《さいごうきちのすけ》、大久保一蔵《おおくぼいちぞう》、吉井幸輔《よしいこうすけ》が話し合いに加わるらしい。

「幕臣を新しか政体に残してはいけん。時勢にけじめをつけっためにも、幕府を武力で完全に滅ぼさんといけん」

半次郎は祈る思いで唱えた。重要な政談には加えてもらえぬことを歯痒く感じながら、土佐の公議政体論に薩摩が呑《の》まれぬよう、ひたすら念じて待った。

西郷は、戌《いぬ》の刻過ぎにようやく藩邸に姿を見せた。すっかり痺《しび》れを切らしていた半次郎は玄関へ駆け出すや、

「いけんでしたか」

と、辺りも憚《はばか》らずに訊いた。西郷は肥《ふと》り肉《じし》の腹を揺すり、

「おはんは、童《わらべ》のごっじゃの」

と、今の今まで緊要な会談をしてきた人物とは思えぬ軽やかさで笑った。履物を脱ぎ、彼は廊下を一歩一歩踏みしめるようにして奥の間に進む。座敷の唐紙を開けるや、黙して従ってきた半次郎に振り返り、

「盟約、破棄じゃ」

短く告げた。

「ちゅうこたぁ、薩摩は土佐の策には乗らん、と？」

「うむ。あくまで武力倒幕を目指す」

同じく武力倒幕を掲げている長州と出兵盟約を結び、そののち国許に使いを送って千以上の兵を呼び寄せる、と彼はそこまで画策していた。

「千もの兵を？　京に呼び寄せっとですか」

それは無謀過ぎる。幕府はおそらく、土佐の献策に飛びつくだろう。将軍が政権を返上してしまえば、討幕の名目がなくなるのだ。西郷は、半次郎の危惧を機敏に察したらしい。

「兵をいきない京に入れるこたぁせん。長州領にまずは集めっごっ思う。討幕に確かに持ち込めるよう次の策も話し合っちょっ」

答えると、座敷にどっかと腰を落ち着け、しばし瞑目《めいもく》した。激しい論じ合いのあとゆえ、ひとり静かに方策を練りたいのだろうと察して、半次郎は早々に自室に引き上げる。

開け放った障子から、漆黒に浮かんだ月を眺めるうち、

「おいには、大事なこたぁ報《しら》されんごっじゃな」

と、ひとり言が勝手に口を衝《つ》いて出た。自ら努めて学は積んできたつもりだが、諸藩と渡り合って政を行うほどの知恵は持ち得ぬと、西郷や大久保には見られているのだろう。胸の奥に黒雲が湧いてくる。それと気付くや半次郎は、

「おいは男じゃ。僻《ひが》むよな真似《まね》はせん」

と己に言い聞かせ、部屋の隅に置かれた文机に向かった。心を落ち着け、墨を磨る。筆を執って、歌を詠んだ。

〈つつみおく
　真弓もやがて引しぼり
　打はなすべき時は来にけり〉

Ⅲ

これよりのち、薩摩屋敷は気忙《きぜわ》しさをまとっていった。出兵に向けての談じ合いのためか、長州藩士も頻繁に出入りしている。着々と討幕への道筋が固められていく様に半次郎は昂揚したが、相手は黒船来航以来、外交を一手に担ってきた幕府である。諸外国と通じる中で、最新鋭の銃や大筒を備えているのではないか、赤松が教えていた洋式兵学の遥《はる》か上を行く知識を蓄えているのではないか——そんな不安もよぎるのだ。

考えに潜《もぐ》りながら、ひとり市中を散策していた半次郎は、四条まで来てふと足を止めた。

——ちっと休んでいこうか。

村田煙管店の構えが見えてくる。足が勝手に速くなる。瑠璃紺《るりこん》の暖簾をくぐると、折良くさとが店番をしていた。彼女は、半次郎を見つけるや顔を華やがせた。

「中村様、どうぞお座りやす。今、お茶をお持ちしますさかい」

さとは跳ねんばかりにして縁台に寄り、そこに載った座布団をぽんぽんと手で叩いた。急いで奥に駆け込もうとする彼女を、

「茶はいらん。喉は渇いておらん」

と、引き留めた。店には珍しく、客も奉公人も見えない。だから少しでも長い刻、心置きなくさとの顔を眺めていたかったのだ。

「そしたら、お菓子でも」

「いらんいらん。まこておはんな、母上のごたるな」

大きく笑うと、さとはものの見事に膨れた。半次郎より十あまりも若いのに、母親呼ばわりされるのが不服なのだろうが、さとと接していると半次郎はなぜだか不思議と母を感じるのである。容姿や仕草が老け込んでいるというわけではない。むしろ歳より幼く見えるのだが、常に半次郎を案じ、なにかと世話を焼こうとする様が母と重なるのだった。見返りを求めぬ慈愛、とでも言えばよかろうか。さとがためらいもなく見せる献身に、半次郎は深い安堵を覚え、同時に底知れぬ怯《おび》えを抱《いだ》く。

「お忙しゅうしてはったんどすか？　このところ、お姿が見えへんかったさけ」

「ああ。あちこち行っちょったからな」

政のことを話すわけにもいかぬから言葉を濁すと、さとは小首を傾《かし》げた。

「あちこち？　京をほうぼう歩かれたのどすか？」

「そうじゃ。叡山《えいざん》まで出張って猪狩《ししが》いもした」

「猪を？」

さとが首をすくめる。

「そう怖がるこっはなか。煮て食うとうまか。もっとも獲物はあがらんかったが」

「それは残念どしたなぁ」

「別段残念じゃなか。牡丹鍋《ぼたんなべ》にはあいつけなかったが、獣を殺さず済んだで、猪に恨まるっこたぁなかろう。ひとつ捨てれば、ひとつ得っとじゃ」

「猪に、恨まれる？」

繰り返して、さとは目をしばたたかせた。彼女の黒目は、光の加減でときに栗色《くりいろ》に見える。あまりに淡い色なので、まことに見えているのじゃろうか、と半次郎は時折心許なくなる。

「そないに思わはるのやったら、はじめから猪狩りなぞ行かなええのに。憐《あわ》れやと思いながら狩りをするやなんて、聞いたことあらしまへん」

さとの、どこまでも明るい笑い声を聞くうち、半次郎はふと神妙になった。猪のことはあくまでも軽口だが、斬り合いのときにも、自分が似たような悔悟を秘めていることに気付いたからだった。

黙していると、さとがこちらを覗《のぞ》き込んだ。

「中村様は、ほんまにお優しいんやな」

無邪気な笑みを向けられて、半次郎は動じ、

「だいぶ日が短くなったな」

と、それとなく話を逸らした。

さとは、なにかにつけ、半次郎を褒める。ほんの些細《ささい》なことでも、「えらいもんやなぁ」「ほんまにご立派やなぁ」と、やたらと感心するのだ。そこには微塵の追従《ついしょう》も邪心も見えず、ゆえに半次郎はかえっていたたまれなかった。

――おいはそげん立派な仁じゃなか。

さとにそう言いたいのだが、真っ直《まっす》ぐで澄んだ瞳に突き当たると、己を蔑《さげす》むような物言いはなりを潜めてしまうのだ。

「日は短《みじこ》うなりましたけど」

半次郎が言ったのを受けて、さとが暖簾の外に目を遣った。

「光がきれいや。この時季の光は一年で一番きれいどす」

自分と同じ感慨を彼女が抱いていたことに、半次郎の心の芯が和らぐ。

「それに、秋はええ匂いがします。うちとこの女衆《おなごし》は春の香りが好きや言うけど、うちは秋が好きや。なんや、懐かしい匂いがしますんや。ずっと嗅いどきたいようなあったかい匂いや」

きっと夏の暑さに耐えた木や草が、ほっと息をついてそないな優しい匂いになるんかな、と前にもさとは語っていた。確か、はじめてさとを抱いた床の中だ。半次郎の胸に額を寄せて、「秋の匂いや」と、さとは言ったのだ。木の葉が枯れ落ちる秋になぞらえられ、そのとき半次郎は不吉の念を抱いたものだった。己もまた、遅かれ早かれ時代の渦の中で朽ちていくのだろうという予感が、討幕への動きが盛んになりつつあった頃から頭を離れなかったためだ。それきり忘れていたのだが、いつしか半次郎が秋の景色を楽しめるようになったのは、この、さとの言葉があったからかもしれない。

「おや。これは中村様」

奥から出てきたのは村田の主人で、半次郎の座した縁台に目を流すや、

「お茶もお出しせんと、なにをしとる」

と、娘を叱った。

「いや、おいがよかと断ったで」

半次郎が取りなしても、それでもお出しするのが商人や、と主人は眉根を寄せた。それを潮に半次郎は腰を上げ、「また寄いもんそ」とさっぱり言って、暖簾をくぐった。

さとの、物寂しげな顔が目の端に一瞬映った。

表に出てしばらく行ったところで、あとを追ってきた主人に呼び止められた。

「すんまへん。お引き留めしてもうて」

腰を低くして詫《わ》びたのち、

「あの……娘のこと、どないでっしゃろ」

主人は上目遣いにこちらを見遣った。

「わてのほうからこないなことをお伺いするんはまったく無粋やと、重々承知してございます。せやけど娘が他所《よそ》の縁談を片っ端から断っとるような具合にございまして、うちとしてもどうにもならへんのどす」

さとの、笑んだ顔が浮かぶ。彼女のすべてを己のものにできればどれほど幸せか。そう思うと、総身が軋《きし》んだ。半次郎はしかし、応えることができなかった。京に詰めている間に国許の父から、家を守るためお前に嫁を取った、と書状が届いていたこともある。ただ、それよりなにより、こののち戦《いくさ》になるやもしれぬ時勢が想《おも》いに歯止めをかけていた。そのときが来れば、命を賭《と》して働かねばならない。

「なにも、すぐに祝言をあげてほしいゆうわけではあらへんのどす。夫婦《めおと》約束だけでもしていただければ、あれも安堵しますんや。親馬鹿かもしれまへんけど、どうにもこうにも不憫《ふびん》どしてなぁ」

言い募る主人に、

「今ぁ、はっきいしたこたぁ申し上げられもはん」

と一礼し、半次郎は逃げるようにして河原町通へ出た。足早に北へ進み、三条大橋に行き着いたところで橋の欄干にもたれかかって、小さく嘆息した。鴨川《かもがわ》では白鷺《しらさぎ》が、気まぐれに川面《かわも》をつついている。

最初に主人から「娘を嫁にもろてくれまへんか」と、頼まれたのは、この三月、太宰府に向かうために京を離れると決まった日のことだった。さとにそのことを伝えに行くと、主人が不意に割って入り、前置きもなく縁付きの件を口にしたのである。

突然の申し出に半次郎も動じたが、陳列棚の拭き掃除を屈《かが》んでしていたさともまた、目を瞠《みは》った。彼女は身を跳ね起こし、素早く半次郎に駆け寄ると、「中村様。そこまで付き合《お》うていただけますか」と、えらい剣幕で言い、返事も待たずに下駄を鳴らして敷居を跨《また》いでしまった。わけもわからず彼女に従った半次郎は、四条小橋を渡ったところで、顔を真っ赤にしたさとから「ほんまにすんません」と幾度も頭を下げられたのだ。

「今のは聞かんかったことにしてください。父が勝手に言うたことやから、気にせんといてください」

父娘でどんな話をしたものか、半次郎には察しようがない。ただ、さとの動揺を目の当たりにして、つい、

「なるほど、主人の気の迷いか。確かにおはんには、おいなぞ相応《ふさわ》しゅうなか。もっとよか男がおるはずじゃ」

と、話を合わせた。するとさとは、「え」と声を裏返し、心底不思議そうな顔をしたのである。

「そないなお方がおるはずない。中村様よりも……」

言いかけたが、口をつぐんでうつむいた。半次郎も、さとの驚いたわけを察し、早鐘のように鳴りはじめた心ノ臓を持て余した。

爾来《じらい》さとは、「一緒になりたい」と口にすることはおろか、それらしい態度を示すことすら遠慮しているようだった。ただ、半次郎が店に顔を出すと、いつも変わらぬ笑顔で迎え、半次郎の語るのを熱心に聞き、驚いたり笑ったり感心したりしている。「中村様とおると、楽しいなぁ」と、しみじみ言うことはあるが、だからといってこちらを縛ろうとする気配は欠片《かけら》も見せなかった。

知れば知るほど、さとは、見事なおなごなのだ。

店主の娘でありながら、自ら進んでこまめに働き、店の男衆《おとこし》や女衆にも威張ることなく常に朗らかに接している。店を仕舞ったあとは読本を開くことを楽しみとしているらしく、そのせいか物識《ものし》りで、話し言葉も美しかった。これまで半次郎が棲《す》んだ世にはいなかった、聡《さと》いおなごだった。

その割に、性分はだいぶおっとりしているのだろう、時々案外なしくじりをする。半次郎にと運んできたお茶に茶柱が立っているのを見つけて、「ほら。ええことがありますなぁ」と、はしゃいで指さした人差し指を茶につけてしまい、「淹《い》れ直してまいります」と、しょんぼり肩を落として衝立の向こうに消えた姿は未《いま》だ忘れることができない。思い出すだに、可笑《おか》しくて可愛くて、無性に愛《いと》おしくなるのだ。

さとは、半次郎にとって、すべてを兼ね備えた女だった。果てなく優しい母であり、聡明な朋輩《ほうばい》であり、ふわふわして素直な幼女でもある。京には美しい女が山といる。祇園や島原に登楼《あが》れば、目の覚めるような傾城《けいせい》を拝めもする。けれどいずれも、さとには敵《かな》わなかった。さとには、他の女がけっして届かぬ真《まこと》の美しさがあると、半次郎は信じていた。

それだけに、彼女の人生をいたずらにかき回すことが怖かった。太宰府より京に戻ってからは、さとと表で会うことを避け、彼女に指一本触れぬよう己に課した。将来《さき》が知れぬのにこれ以上さとを縛ってはならぬ、夢を見させてはならぬと自戒したのだ。

——そうまでして避くっとならば、村田に寄らにゃ済むこっじゃ。

川から飛び立った白鷺を目で追いつつ、半次郎は幾度となく湧いた思念をまた巡らせる。だが、そんな簡単なことが、どうしてもできないのだった。

——考えてもしょがなか。おいにはもっと考えんといけんこっがある。

欄干から身を剝がし、三条大橋の袂《たもと》まで来る。制札場には、未だ半次郎が書いた斬奸状が貼られたままだ。

――徳川が政権を返上する前に、武力倒幕に持ち込まねばならん大事な時じゃ。

気持ちを切り替え、半次郎は藩邸に向けて歩き出す。秋の陽が山陰に隠れ、辺りが藍に染まりはじめると、手に負えぬ寂しさが総身をふらつかせた。

九月の半ば、伏見に在った大隅重富《おおすみしげとみ》領主・島津忠鑑《しまづただあき》が百名の兵を引き連れて、入京した。忠鑑は、薩摩藩国父である島津久光の三男である。これと入れ替わるようにして、京に在った久光は国許に帰った。長州藩の海軍局が置かれた三田尻《みたじり》港に送り込む兵を調《ととの》えるためとも、戦場《いくさば》になるであろう京から退くためだとも、藩士の間では言い交わされている。

この二日後、薩長二藩の出兵盟約が成り、半月後の十月頭には、約束通り千二百の薩摩兵が三田尻や小田浦に入ったとの報せが京に届いた。

戦の気運が着実に高まっていく中、土佐の献策を止めようと西郷や大久保は後藤とも話し合いを続けている。だが薩土盟約も破棄となった今、これ以上の歩み寄りは難しいように思われた。

この日、習いにしている市中見回りから藩邸に戻ると、弟の半左衛門が留守中に客のあったことを告げた。

「誰じゃ」

「はあ。橋本八郎、と名乗る御仁でごあす」

橋本は、長州藩士・品川弥二郎《しながわやじろう》の偽名である。半次郎とは薩長が同盟を結んだ折に懇意になった。

「言伝《ことづて》はあったか？」

「いえ。明日にでもお目に掛かいたい、と。大久保さぁの宿舎に滞在の旨、お伝えするように、とのことでごあした」

翌朝早く、半次郎は藩邸を出て大久保の寓居《ぐうきょ》に出向いた。大久保は不在だったが、品川はちょうど朝餉《あさげ》を済ませたところで、楊枝《ようじ》を使いながら「よう。久しいのう」と、すきっ歯を見せた。

「いつ、京へ」

「このところ行ったり来たりでのう」

品川とは、はじめて相まみえたときから、不思議と馬が合った。互いに身分が低く、食うにも困るような暮らしを経てきたため、世をひっくり返すことへの期待と渇仰《かつごう》の強さが相通ずるのだろう。

「聞いちょるか？　土佐がついに幕府への建白を行ったそうじゃ」

品川に報され、半次郎は瞠目《どうもく》した。

「慶喜公にはだいぶ前から話を上げちょったらしい。このまま幕府は土佐の策に準じて政権を返上するかもしれん。そやけど、わしらは必ず武力で幕府を討たんにゃいけん」

「じゃっどん、天朝に政の権が戻されれば討幕の大義名分はのうなるじゃろ」

「じゃけぇ、わしらは内々に動いちょるんじゃ。仮に政権返上が成ったあとでも、ひとつだけ、討幕の大義名分が立つことがある。なんかわかるか？」

品川が、その小さな目でこちらを覗き込んだ。半次郎にはとんと見当がつかぬ。かぶりを振ると、彼はしたり顔で告げた。

「討幕の勅命をいただくことじゃ」

「勅命？　まさか」

くだらぬことを言う、と呆《あき》れた。孝明《こうめい》天皇が昨年急逝したのち即位した睦仁親王《むつひとしんのう》は、確かまだ十六である。自ら判じて勅命を出すには至らぬのではないか。すると品川は、笑みを浮かべて、方策を口にしたのである。

「天朝には王政復古を是とする公卿があまたおる。中でも、岩倉《いわくら》卿と三条卿はわしらの意をよくよく汲《く》んでくださっちょる。お二方のお力添えで、勅命をいただけるやもしれんのじゃ」

岩倉具視《ともみ》と正親町《おおぎまち》三条実愛《さねなる》。このふたりの名は、西郷や大久保と話す中でも幾度か聞いたことがある。王政復古と討幕を強く望んでいるのは間違いない。だが、ことに岩倉は和宮《かずのみや》降嫁に賛同した廉《かど》で攘夷派から睨《にら》まれ、洛北《らくほく》の岩倉村にて蟄居《ちっきょ》の身なのだ。天子様のお側《そば》に寄る機会もない者が、どうやって勅命を出させるというのか。

——偽勅いうこたあるまいな。

半次郎が怪しんだところで、

「必ず世を変えたいんじゃ、わしは。これまでの身分を打ち崩したいんじゃ」

品川が不意にしんみりと漏らした。

「新たな世が来たら、わしは政に携わって偉《えろ》うなりたい。明日食うものすらおぼつかんような暮らしから抜け出したい。旨《うま》いものをようけ食うて、大きな屋敷に住むんじゃ」

あまりに稚拙な野望に、半次郎は苦笑する。単に己がいい思いをしたいだけではないか、と呆れ、同時にその明快さを羨《うらや》ましくも思う。

——おいは、なにゆえ世を変えたかっじゃろ。

今の世は確かに窮屈だ。しかし、半次郎には品川のように、出世やいい暮らしへの憧憬は乏しい。食うものも住まいも今はもう十分事足りているのだ。

むしろ半次郎は、出自に囚《とら》われず、誰もが生きたいように生きられる世がくれば、と願っていた。それぞれの才を自在に生かすことができれば、きっとこの窮屈さから抜け出せる——。

「新たな世になって、偉うなったら、京にゃあ美しいおなごがおるけぇ、わしはそん中でも一番の別嬪《べっぴん》を嫁にしちゃる。ほいから、妓をはべらせて写真を撮るんじゃ」

「写真を、か？」

寺町通に、大坂屋与兵衛なる者が開いた写場がある。そこで己の湿板写真を撮らせるのが、志士たちの間の流行《はや》りであった。

「みな、生真面目な顔で突っ立って写真を撮っちょろう。ありゃぁつまらん。わしは華々しい写真を撮りたいんじゃ。男の甲斐性を見せちゃりたいのよ。おのしも同じじゃろう」

歯の隙間から笑いを抜きながら、得意げな顔を品川は向けてくる。半次郎は、「いや」と首を振り、

「おいは、まこて好っな女ひといと写真が撮れればよか」

そう応えたが、声を低くしたものだから、品川の耳には届かなかったのだろう。

「ともかく玉《ぎょく》を奪われちゃあならん」

彼は話を戻して、口元を引き締めた。

「ぎょく？」

「天子様のことじゃ。玉を抱き込んだほうが、この勝負、勝つけぇ」

品川は言って、「必ず勝つんじゃ」と、絞り出すようにして繰り返した。

Ⅳ

十月十四日、徳川慶喜は天朝に、大政奉還の意を告げた。寝耳に水とはこのことで、まさかこれほど速やかに幕府が政権を返上するとは思いもよらなかったから、薩摩藩邸内は蜂の巣を突《つつ》いたような騒ぎとなった。慶喜公が大政奉還を受け入れなかったときこそ戦に持ち込む大義名分が立つと、薩摩はそのときを虎視眈々《こしたんたん》と待ち望んでいたのである。

半次郎は動じるままに半左衛門を呼び、「西郷さぁはどこじゃ」と、訊く。

「わかりもはん。じゃっどん休息所にもおられんようじゃ」

夜更けまで藩邸で待ったがその日は会えず、半次郎は翌日、西郷の邸《やしき》を訪ねた。彼が帰ってきたのは夕刻で、早速子細を聞こうと詰め寄った半次郎の前に、程なくして土佐の後藤象二郎が現れたから息を呑んだ。敵陣に飛び込むような真似をしながら、後藤は得々として「万事うまく運んだのう」と一声放ち、西郷に対座したのである。

半次郎のこめかみが疼《うず》き出す。腰の脇差をぐっと摑《つか》んだところで、西郷がこちらに向いた。

「おいたちは大事な話があっから、外してくれ」

「いや、おいも……」

「よかから、外せ」

西郷の大きな目で睨め付けられて、半次郎は渋々腰を上げた。

後藤は四半刻ほど談じただけで、あっさり部屋を出た。気配を察して半次郎は大刀を腰に差し、襖《ふすま》を開ける。一歩廊下に踏み出したところで、

「半次郎」

部屋の内から西郷に呼び止められた。

「話がある。ちっと来い」

「じゃっどん、今は……」

「よかから、来い」

有無を言わさぬ口吻《こうふん》に、半次郎は後ろ髪を引かれながらも従う。座敷に入って向き合うや、西郷は口元を和らげ、「なんもすっな」と、ひと言だけ放った。己の存念を見透かされていたことに恥じ入りつつも、

「じゃっどん、土佐のせいで討幕の機が……」

と、反駁を試みる。それを遮《さえぎ》って西郷は告げた。

「そんこっはもうよか。天子様から、討幕せよとの勅命が下っておる」

半次郎は声を呑む。大政奉還が成ったのと時を同じくして、討幕の勅命が出るとは妙

な話である。訝《いぶか》しんだ半次郎の目を避けるようにして、西郷はあぐらをかいた両のふくらはぎをぐいと摑んで続けた。

「戦の支度に取いかからねばならん。三田尻に兵も集めちょらるっでな」

「千もの兵をこれから呼び寄すっとなぁ。心強かっちゅうこつです」

よくここまで漕《こ》ぎ着けた、との素直な思いが、半次郎の胸を去来する。が、不安もまた萌《きざ》していた。

「公方様はただいま、二条城におわすな。幕府を討つとなれば、二条城に兵を入れるこっにないもはんか。となれば、京が戦場になるちゅうこっでしょうか」

あんな怖い思いをしたことはあらへん――どんどん焼けが話に上った折、さとはそう言って身震いしていたのだ。三年前、長州過激勤王派が蛤《はまぐり》御《ご》門《もん》に砲を放ったことに端を発した禁門の変で、京は焼け野原となった。「ほんまに地獄絵のようやった。あないなこと、二度と嫌や」。さとが苦しげに告げたとき、半次郎は途方もない後悔に襲われたのだ。京の一角で地道に煙管を商っているだけのおさとに、地獄を見せてしまった、武家の争いに実直に生きている町人を巻き込んでしまった、と。戦で家をなくし、命を失ったのは、尊王も佐幕もない町人たちなのである。

「どこが、戦場になるかはわからん。じゃっどん、どっかは戦場になる。なんの犠牲も払わんで、戦はできん」

西郷のあまりに割り切った考えに腹が立ち、

「じゃっどん、罪もなか町人を巻き込んでは、世が変わってもなんもならん。みなが幸せになる道を、おいたち、こっから世を作る者《もん》は考えんななりもはん」

半次郎は柄にもなく唾を飛ばした。すると西郷は、長い息を吐き出してから、おもむろに言ったのだ。

「赤松を、斬ったそうじゃな」

半次郎は動じ、唇を嚙む。おそらくは、田代が誰かに話したのだろう。それが西郷の耳に入った。

「おやそいを咎《とが》めん。無用な殺生じゃとは思うが、意を違《たが》えた者に天誅《てんちゅう》を与えっとは間違いではなか。じゃっどん、赤松から見ればどうじゃ。幸せと言ゆっか」

「……いや、そや」

「赤松は、赤松の正義で生きとった。土佐の後藤もまた、おいとは意見を違えとるが、あれはあれで筋が通っちょっ。どれがよか悪かじゃなか。おいもまたおいの意を通さんななならん。みなを救うちょっては、世は変わらんのじゃ」

西郷はそこまで言うと、眼に力を込めて、半次郎をぐっと見据えた。

「己の信ずる幸を形にするために、払わねばならん犠牲もあいもそ」

半次郎は、それ以上抗弁することがかなわなかった。西郷の言うのは道理だと、頭の芯で解していたからだ。

「三田尻に集めた兵を、近く伏見に移す。おはんも隊の指揮を任さるっじゃろから、余計なこっを考えてはいけん」

西郷はそう釘《くぎ》を刺すと、あっさり腰を上げ、部屋を出ていった。あとに残された半次郎は、ふと己の掌に目を落とした。指の付け根には硬く張り出した剣だこが並んでいる。

――おいは、剣を磨いてなにをしごとと思うておったんじゃ。

これまでの道程が、急に色褪《いろあ》せて感じられた。

気持ちを繋《つな》いでいた糸が、切れたのかもしれない。

半次郎は珍しく調子を崩して寝込んだ。「鬼の霍乱《かくらん》じゃ」と案ずるどころか周りが軽口を叩いて済ませたのは、いずれの藩士も戦のことで気もそぞろだったせいだろう。

ひと気のない藩邸で夜着をかぶっていると、孤島に佇んでいるような気になった。

――おいらしくもなか。塞ぎの虫に取り憑《つ》かれたようじゃ。

表から、「よいじゃないか、ええじゃないか」と騒ぐ声が聞こえてくる。この秋口から民の間で流行り出した騒動で、神符をばらまきながら大勢で市中を踊り巡るのである。

半ば自棄《やけ》にも聞こえる叫びが、臥《ふ》している半次郎の総身を愚弄《ぐろう》するように揺さぶった。

大きく溜息《ためいき》をついたところで、藩士のひとりが顔を出し、

「村田から、見舞いが届いておいもす」

と、袱紗《ふくさ》にくるんだ菓子折を手渡した。おおかた村田で休んだ藩士が、半次郎の病みついていることを告げたのだろう、余計なことをしおって、と不快に思いつつも、床の上で袱紗を解く。刹那、ふわりと香が漂った。半次郎は香を聞くことができぬ。ただそれが、さとの香りであることだけは判じられた。

箱を開けると、半分に折られた状紙が収まっており、さとの手で見舞いの言葉が書かれてある。その最後に、

〈中村様はまことに良いお方にございまする〉

と、ひと言したためてあった。

「おさとは、おいを褒めてばかりじゃ」

中村様は明るいお方や、楽しいお方や、優しゅうて頼もしいお方や――。そうして、半次郎が思い悩んでいたり、消沈しているときには、すぐにそれと察し、けれどもけっして理由を詮索することなく、ただただ、「中村様は人としてご立派なんや」と、あたかも言い聞かせるように唱えるのである。どう立派なのか、どう尊いお方なのか、詳しく述懐することはない。けれど、さとの真っ直ぐな目でそう訴えられると、「おいのごた男でも、生きちょってよかっじゃな」と、自信が湧いてくるから不思議だった。

半次郎は、じっと状紙を見詰める。さとの、まんまるな笑顔を思う。

品川は、世が変わったら目が覚めるような別嬪を嫁にする、と豪語していた。だが半次郎には、さとより秀でた女がいるとはどうしても思えなかった。さととは心でしかと繋がっている。そうした、他の誰とも代わることのできぬ結びつきが、自分たちの間にはあると信じられるのだ。

――おいはまず、おさとを幸せにせんとならん。一番大切な者を、確かに幸せにすることからはじめんとならん。

布団に仰向けになり、天井を見詰めて半次郎は思い決めた。

手にした状紙を、強く胸に押しつける。

V

秋の光は消え去って、冬の鈍色《にびいろ》が濃くなった。

国許からは六小隊と大砲隊が、三邦丸に乗って大坂に送られた。着々と戦支度が調いつつあった十一月の半ば、土佐の坂本龍馬と中岡慎太郎《なかおかしんたろう》が何者かの凶刃に倒れたとの報が飛び込んできたのだ。

坂本とは時折連れ立って市中を散策したし、村田にも共に立ち寄ったことがある。それゆえ、床上げがかなった半次郎は村田に顔を出した折、この一件を主人に告げたのだが、衝立の向こうでそれを聞いていたのか、帰りしな、さとが外までついてきて案じ顔で訊いたのだった。

「こないなことが、これから続くのでっしゃろか」

半次郎は笑みを作り、

「案ずるな。また京の町が焼けるようなこっにはならん。おいが、そうはさせん」

なるたけ力強くなだめた。だがさとは、むずかるようにかぶりを振るのだ。

「京のことやあらへん。うちは中村様の御身《おんみ》を案じておりますのや。こないにようわからん刃傷沙汰《にんじょうざた》に巻き込まれたらどないしようと、気が気やあらへんのどす。中村様はお強いさけ大事ないと父は言いますんや。せやけどうちは、怖い目に遭わんか、危ない目に遭わんか、と考えるだけで夜もよう眠れんようになりますんや」

首筋が熱を持つ。半次郎は応えず、空を仰いだ。雁《かり》が数羽、東へ飛んでいくのが見える。冬の、黄蘗色《きはだいろ》の光が心許なく景色にさまよう。

「ちっと出らるっか」

思い立って訊くと、さとは目を丸くしたがすぐに面を輝かせ、こくり、と頭《こうべ》を倒した。半次郎も頷《うなず》き、歩き出した。

四条から寺町通へと向かう。大雲院《だいうんいん》を過ぎた辺りで、それまで黙って後ろをついてきたさとが、「どこに行かはりますの」と、声を掛けてきた。

「写真……写真を撮ろうと思うてな」

半次郎は振り向かずに答える。

「写真？　中村様の？」

「いや、おはんとおいのじゃ」

半次郎が言うと、さとが驚いたふうに息を吸い込んだ気配があった。が、彼女は理由《わけ》を訊くこともなく、相変わらず黙ってついてくる。心なしか、さとの下駄の音が跳ねるように軽やかに変じている。

大坂屋の写場では、主人の与兵衛が土間の片隅で湿板の手入れをしていた。彼は、暖簾をくぐった半次郎とさとを交互に見遣り、

「そしたらお武家様は椅子に、嬢《とう》はんはこちらにお座りにならはって」

と、椅子《いす》の左手の畳を指し示した。自分だけ椅子というのも妙だと半次郎は伝えたのだが、

「夫婦約束をされたおふたりでっしゃろ。そのようにお座りになるのが、習いにございますから」

と、与兵衛は早合点して朗らかに返した。さとの顔が桜色に染まる。半次郎はそこに漂う仄明《ほのあか》るい景色を払うようにして、乱暴に椅子に座った。それを見てさとも、慌てて

隣に正座する。顔に白粉《おしろい》をはたき、写真機の支度が調ったのち、

「ほな、行きまっせ。ここを見ておくれやす。わてがええと言うまで動かんといてください よ」

与兵衛は声高に言って、写真機の真ん中の丸いギヤマンを指した。半次郎は身じろぎせずに一点を見詰める。

京に来てから、さとに出会ってからの、様々な出来事が浮かんでは消えていった。いずれも、国許にいたときには想像だにしなかった、温かで愛おしい刻だった。殺伐とした日々も、そこにさとの笑顔があるだけで、清らかに輝いたのだ。

——おいはまず、さとを、幸せにすっこっじゃ。

「はい。もうよろしおす」

主人がにっこり笑んで告げると、さとが盛大に息を吸い込んだ。

「なんじゃ、おはん、息を止めておったんか」

「へえ。なるべく息せんようにしとりました。肩が動いてしまいますさけ」

与兵衛が大きな笑い声を立てる。

「律儀な嬢はんやな。ええお内儀《かみ》さんになりまっせ」

さとがまた、顔を赤らめた。

仕上がりは少し先になりまっさけ、師走に入ったら取りにきておくれやす、と与兵衛

が言うのに頷いて、半次郎とさとは連れだって店を出た。

「うち、写真なんてはじめてどす。どないに仕上がっとんのやろ。楽しみやなぁ」

浮かれるさとを受け流して、半次郎は黙って歩を進める。寺町通から河原町通へ出、高瀬川《たかせがわ》のほとりまで来て足を止めた。辺りには人影がなく、柳が風に揺れているばかりである。

半次郎は川のせせらぎをしばらく見詰めたのち、はじめてさとに振り返った。歩幅の大きい半次郎に小走りでついてきたせいだろう、さとの息が少し上がっている。

「写真は、おはんが取りにいっちょくれ」

「へぇ。そらかめしまへん。そのあと中村様にお渡しすればええですやろか」

「いや。おはんが持っちょってくれればよか。おいはその頃、京にはおらんかもしれんで」

さとの面が、笑みを浮かべたまま凍《い》てついた。

「御国にお戻りにならはるのどすか」

栗色の瞳を向けられたとき、半次郎は病に臥していた折、床の中で思い定めた台詞《せりふ》を惑わず口にしたのだった。

「そいは、おはんが案ずるこっではなか。おいはこののちも、おいの好きなように生きる。それに、おいとおはんは赤の他人じゃっで、おいがどうなろうとおはんには関わりないことじゃ」

さとは、言う意味がすぐには汲めなかったのだろう。きゅっと口を引き結んだきりで、黙って佇んでいる。

「のう、おさと。おはんはもう、おいを案じんでんよか。護《まも》らんでんよか。おいは、それほどの男ではなか。おはんが『良いお方』じゃと褒めるたび、おいは後ろめたってたまらんかった。そいは、とんだ買いかぶりじゃ」

「そないなこと……。お気に障ったようなら謝ります。せやけど、それは、うちの真の心やって……」

「おはんにはもっと似合いの男があいもす。おいは、この先、おはんと一緒になることはなか。おはんとの将来を考えたことも、今まで一度もなかったで、そうして親しげに対されても困いもす」

言いながら、半次郎は喉の奥が締め付けられるようだった。だが、さとを幸せにせねばならぬと思い決めたのだ。この大切な人に、必ず幸せになってもらわねばならぬ。けっして巻き込んではならぬのだ。

「おいは、おはんを勘違いさせてしもうたかもしれん。村田にはちょくちょく顔を出しちょったが、あれは別段おはんに会うためじゃなか。あそこは薩摩の藩士が多く使《つこ》うちょっで、誰ぞに会うにも心安か。新選組も近づかんしのう」

さとは、袂を揉《も》むようにして摑み、うつむいた。

「おはんと情を交わしたのも、気まぐれじゃって。悪いことをしたと思っとう。おいは、そんぐらいの男なんじゃ。じゃって、おはんはもっと相応《ふさわ》しか亭主を見つけたほうがよか。おはんなら引く手あまたじゃ」

さとが、どこかの御店《おたな》の女房に収まって、亭主や子供らと睦《むつ》まじく暮らしている様を思い描く。途端に、叫び出したいほどの嫉妬に駆られた。半次郎はとっさに拳を握り、地面に目を落とす。長く伸びた自分の影が、さとの小さな体に重なっていた。

「……うち、全部わかっとりましたんや」

か細い声が立った。

「中村様がうちのこと、好いとらんことはようわかっとりましたんや。はじめの頃は、少しは好いてくれとると思うて嬉《うれ》しかったんやけど、そのうち、あんまり長い刻、一緒に過ごさんようになって、うちに触れることものうなって……」

こくっと唾を飲む音が聞こえた。しゃくり上げるのをこらえているような息づかいだった。

「中村様のお気持ちはわかっとったのに、うちは気付かん振りしてたんやな。どっかで、もしかしたらと期待しとったんやな。まったく厚かましいことやな。勘違いして、ひとりで浮かれて……。中村様のご迷惑にも思いが至らんやなんて」

違う、と言いたかった。全部嘘《うそ》だと言って、さとの小さな体を、力一杯抱きしめたかった。だが半次郎はその言葉を、奥歯を噛んで呑み込んだ。

「うちのことは気にせんでください。中村様の足手まといになるようなことはしませんさけ。全部、なかったことにしまっさけ」

半次郎はそっと顔を上げた。そこにはさとの、常と変わらぬ笑みがあった。淡い光が一筋、その面に射して、瞳の表情をあやふやにしていた。

遠くから「ええじゃないか」の騒ぎが聞こえてくる。ふたりが黙って向き合ううちに、合唱が次第次第に近づいてくる。

よいじゃないか。

ええじゃないか。

陽気なのか、自棄なのか、哀《かな》しいのか、わからぬ掛け声がぐんぐん大きくなり、やがて、静かで穏やかだったふたりの間を裂くようにかき乱した。

「うちはな、中村様がほんまに好きやった。中村様のすべてが好きやった。こないに心の底から人を好きになれんのや、と自分で驚いたほど、好きやった。この世に生まれ落ちて、そないな想いを抱けただけでも、うちは天下一の果報者やな」

さとが、己に言い聞かせるように言った言葉が鼓膜に刺さる。けれど半次郎は、なにも応えなかった。応えることが、できなかった。

ええじゃないかの狂乱が、ふたりを塗り込めていく。

息苦しくなるほどの騒ぎの中で半次郎は、二度と手の届かぬところに追いやってしまったなにより大切なものの温《ぬく》みを、懸命に胸に刻もうとしている。

解説

藤田香織

長い間、時代小説、というジャンルに興味がもてなかった。

書評家なのに？　と思われるかもしれないが、書評家なので別に自分が注視していなくても、そちらのジャンルには造詣が深い方が沢山おられますし、というスタンスでいられたのだ。

もっと正直に言えば、時代小説「なんて」読んでいる暇はないとも思っていた。

一般企業と大差なく、出版界も圧倒的に男社会だった時代を経て、少しずつ女性作家の活躍を目にする機会が増えていった80年代後半から90年代。等身大の女子の生き方系小説が、流行から主流となっていった00年代から10年代。結婚するのかしないのか。就職するのか夢を追うのか両方か。産む覚悟、産まない理由、産めない苦悩。親友ってなに？　ママ友ってどうよ？　親の介護は？　離婚か我慢か。老後はどうする？　あぁ家事と育児に追われる私の人生って！　っていうか、そもそも「私」って？　と、人生に迷い足掻《あが》く主人公たちの物語を、同じように悩める読者に届けたいと、勝手に鼻息を荒くしていたからである。

自分が生きている現実社会では、なかなか口に出せない不安や、モヤモヤと心にあり続けているのに上手く言葉にできない不満。その嫌らしさも狡さも醜さも弱さも、「わかってくれる」小説がある。生き難《にく》いと喘いでいる気持ちに寄り添い、背中を押してくれる「今」読みたい物語がここにある。なのに価値観も常識も違う時代の、自分とは無縁な世界の話を、わざわざ手にする理由がなかった。もちろん、名立たる文学賞の候補になったり、時代小説「も」手がける人気作家の作品を読むことはあったけれど、それは主に江戸市中の町人たちの話で、武家社会の、しかも昨日の敵は今日の友、だけど明日はまた敵かも、といった幕末を舞台にした物語は、さらに距離を感じていた。

そもそも幕末はどうもわかり難い。尊王思想とか攘夷論とか公武合体とか、言ってることもやってることもころころ変わる。嘉永に安政、万延、文久、元治、慶応と年号だってどんどん変わる。天皇や将軍だけでなく、武士や町人の名前も呼び名もくるくる変わるし、寺田屋事件、天満屋事件、池田屋事件、近江屋事件、桜田門外の変、坂下門外の変、朔平門外《さくへいもんがい》の変、蛤御門《はまぐりごもん》の変など、文字を追っているだけではまったく頭に入ってこない。物語に入り込むことが難しく、あれ？　坂本龍馬って、寺田屋事件で暗殺されたんじゃなかったっけ？　といった記憶事故が多々起きていた。私にとって、幕末は、それくらい「遠い」ところにあった。

それが、五年ほど前に木内昇さんの『新選組 幕末の青嵐』(二〇〇四年アスコム→集英社文庫)を読んで、がらりと印象が変わった。

私が木内さんの小説を初めて手にしたのは、御多分に漏れず『茗荷谷の猫』(〇八年平凡社→文春文庫)で、その後、第一四四回直木賞を受賞した『漂砂のうたう』(一〇年集英社→集英社文庫)、『笑い三年、泣き三月。』(一一年文藝春秋→文春文庫)、『ある男』(一二年文藝春秋→朝日文庫)、『櫛挽道守』(一三年集英社→集英社文庫)、『よこまち余話』(一六年中央公論新社→中公文庫)、『光炎の人』(一六年角川書店→角川文庫)と読み継いできた。いずれも江戸から明治、大正、昭和中期までを舞台にした小説で、世の中的にも木内昇=時代小説家、と認識されていたし、それはまったく間違いではない。

でも、だけど。私にとっては何かが違ったのだ。

当時は、それが何なのか漠然としていたのだが、『光炎の人』の後で、敬遠していたデビュー作『新選組 幕末の青嵐』を、これはいよいよ読んでみるべきなのでは……?とかなりの覚悟で購入し、読み始めて驚いた。面白かったのだ。あの、ごちゃごちゃでわちゃわちゃな「幕末」が。近藤勇って、握りこぶしが口に入るんだよね? 程度の知識しかなかった「新選組」が。これまで、ちらっと読んでは途中で投げ出していた世界を「わかる気がする」と初めて思えた。

あの時と同じ気持ちを、本書『火影に咲く』の単行本を読んだときも、そして今回、読み返しているときにも、幾度となく抱いた。

わかるのだ。夫にもっと近付きたい張紅蘭の焦燥も、周囲との関係に何度も落胆してきた吉田稔麿の諦念も。身の上を語った布来の言動から伝わる、同じ病をもつ沖田総司への僅かな甘えといたわり。高杉晋作に一目置かれたい、〈うちは顔貌だけのおなごと違う〉と気張る君尾が見たいと願っている景色。摑み所のない人間だと思っていた坂本龍馬によって、自分の凡庸さに気付かされてしまう岡本健三郎のやるせなさ。異国から入って来る武器によって、自分の支柱となっている剣術が過去の遺物になっていくと実感する中村半次郎の虚しさも。自分の信じていたものが、目標としていた場所が、世の中の変化と共に失われる事例は、幕末に限らず昭和にも平成にも、コロナ禍の令和の時代にもあり、今を生きる私たちの心のなかにも、同じような感情がある。

本書に収められた六話に登場するのは、「呑龍」の布来を除いて、すべて実在した人物である。紅蘭の夫・梁川星巌がこのタイミングで亡くなり、「死（詩）に上手」と揶揄されたことも、君尾が高杉ではなく品川弥二郎の子を産んだことも史実としてあり、半次郎（桐野利秋）のWikipediaには、さととの写真も残されている。多くの資料を読むことはもちろん、京という町を己の体に刷り込む修練のため散歩に出る半次郎と同じように、木内さんも京都を歩き倒したであろうと想像するのも難くない。

けれど、どれだけ資料をあたっても、そこに残されている言葉を転記しただけでは、伝わるものは僅かでしかない。幕末に生きた彼らの、どこに焦点をあて、何を切り取るのか。どう膨らませて動かすのか。「時代小説」というものは、基本的に史実に虚実を織り交ぜて書かれるが、木内さんの小説は、舞台となる時代にも土地にも登場人物にもできる限り嘘がなく、忠実であろうとしているように感じられる。だからこそ、「虚」の部分も生きて、読者の胸に迫るのではないか。

後になって、それをあなたが言うんですね、と重く響く「縁者があるというのは心強いものさ。自分を解してくれて、大事に想ってくれる人があるってのは、なにより強い」という布来の言葉。稔麿自身に返ってくる「たかが下僕ひとりの命ではござらんか」。「おいには、大事なこたぁ報されんごっじゃな」という半次郎の呟き。心惹かれて、興味を持てば、さらに理解が進み、読み応えが増していく。

吉田稔麿、久坂玄瑞、沖田総司、高杉晋作、坂本龍馬や中岡慎太郎は若くして命を落とした。けれど、君尾が深間《ふかま》となった井上聞多は維新後には大臣を歴任し大正の時代まで生き、子を産んだ品川弥二郎も戊辰戦争を生き抜き、明治の世では子爵を授けられている。「新たな世が来たら、わしは政に携わって偉うなりたい。明日食うものすらおぼつかんような暮らしから抜け出したい。旨いものをようけ食うて、大きな屋敷に住むんじゃ」という夢は、見事に叶ったのだ（そう語って聞かせた半次郎は、西南戦争で西洋から入ってきた武器の拳銃で撃たれて死んでしまうのに）。岡本健三郎が龍馬に連れられて会った三岡八郎は、後の由利公正で大阪、東京の府知事を務め、こちらも子爵となり享年は七十九と、この時代の人間としては長寿であった。

わずか数行でしか触れられていない、紅蘭が入れられた同じ牢にいた村岡局や、総司を診ている町医者・碓井良庵の師とされている緒方洪庵、龍馬が面会する〈幕府若年寄の永井玄蕃頭様〉＝永井尚志《なおゆき》なども、掘れば掘るほど興味深く、知れば知るほど、さらにその範囲が広がっていく。遠い世界ではない。繋がっているのだと実感が湧いてくる。

生きていたのだな、と思う。中岡慎太郎や坂本龍馬が暗殺された近江屋事件の百年後に生まれた木内さんの小説は、本書に限らず、どの時代の作品でも「近い」と感じられるのだ。教科書にあるような遠い時代を、見て、聞いて、歩いているような臨場感があり、常識も価値観も違うはずの人々に共感を抱かせる。

「面白き　こともなき世をおもしろく　すみなすものは　心なりけり」

作家・木内昇が存在する時代に生きる幸運を、じっくりと嚙みしめて欲しい。

（ふじた・かをり　書評家）

本書は、二〇一八年六月、集英社より刊行されました。

初出「小説すばる」
紅蘭　二〇〇九年六月号
薄ら陽　二〇一〇年二月号
呑龍　二〇一五年九月号
春疾風　二〇一六年一月号
徒花　二〇一一年一月号
光華　二〇一七年一二月号

木内昇の本

新選組　幕末の青嵐

幕末、佐幕派の最強剣客集団として名を馳せた新選組。その結成から、鳥羽伏見の戦いまでの人間群像を、土方歳三、佐藤彦五郎、沖田総司ら複数の視点から描く青春時代小説。

木内昇の本

新選組裏表録《うらうえ》

地虫鳴く

幕末最強の武装集団・新選組の内側を、尾形俊太郎、阿部十郎、篠原泰之進らほぼ無名の隊士たちに焦点をあてて描く長編。時代の過渡期に悩み、懸命に生きた男たちの生き様を描く。

集英社文庫

木内昇の本

漂砂のうたう

明治10年、根津遊廓。御家人の次男坊だった定九郎は、過去を隠し中見世の「立番」として働いていた。花魁や遊廓に絡む男たち。新時代に取り残された人々の挫折と屈託、夢を描く、第144回直木賞受賞作。

集英社文庫

木内昇の本

櫛挽道守《くしひきちもり》

幕末、木曽の小さな宿場町。年頃になれば女は嫁すもの、とされていた時代、父の背を追い、櫛挽職人をひたむきに目指す女性を描く。中央公論文芸賞、柴田錬三郎賞、親鸞賞受賞作。

木内昇の本

みちくさ道中

少女時代の思い出から、ソフトボールに打ち込んだ高校時代、編集者時代の仕事ぶり、原稿と向き合う執筆生活、日々の編集者とのやりとり、何気ない日常生活の一コマまで。直木賞作家初のエッセイ集。

集英社文庫

集英社文庫　目録（日本文学）

川上健一　翼はいつまでも
川上健一　四月になれば彼女は
川上健一　渾身
川上弘美　風花
川上弘美　東京日記1＋2　卵一個ぶんのお祝い。／ほかに踊りを知らない。
川上弘美　東京日記3＋4　ナマズの幸運。／不良になりました。
川西政明　決定版評伝　渡辺淳一
川西蘭　ひかる、汗
川端康成　伊豆の踊子
川端裕人　銀河のワールドカップ
川端裕人　今ここにいるぼくらは
川端裕人　風のダンデライオン　銀河のワールドカップ　ガールズ
川端裕人　雲の王
川端裕人／三島和夫　8時間睡眠のウソ。日本人の眠り、8つの新常識
川端裕人　天空の約束
川端裕人　エピデミック
川端裕人　空よりも遠く、のびやかに
川村二郎　孤高　国語学者大野晋の生涯
川本三郎　小説を、映画を、鉄道が走る
姜尚中　在日
姜尚中／森達也　戦争の世紀を超えて　その場所で語られるべき戦争の記憶がある
姜尚中　母―オモニ―
姜尚中　心
神田茜　ぼくの守る星
神田茜　母のあしおと
木内昇　新選組　幕末の青嵐
木内昇　新選組裏表録《うらおもてろく》　地虫鳴く
木内昇　漂砂のうたう
木内昇　櫛《くし》挽《ひき》道《ち》守《もり》
木内昇　みちくさ道中
木内昇　火《ほ》影《かげ》に咲く
樹島千草　太陽の子　GIFT OF FIRE
岸本裕紀子　定年女子　これからの仕事、生活、やりたいこと
岸本裕紀子　定年女子　60を過ぎて働くということ
喜多喜久　真夏の異邦人　超常現象研究会のフィールドワーク
喜多喜久　リケコイ。
喜多喜久　マダラ　死を呼ぶ悪魔のアプリ
喜多喜久　青矢先輩と私の探偵部活動
北杜夫　船乗りクプクプの冒険
北大路公子　石の裏にも三年　キミコのダンゴ虫的日常
北大路公子　晴れても雪でも　キミコのダンゴ虫的日常
北大路公子　いやよいやよも旅のうち
北方謙三　逃《の》がれの街
北方謙三　弔鐘《ちょうしょう》はるかなり
北方謙三　第二誕生日
北方謙三　眠りなき夜
北方謙三　逢うには、遠すぎる
北方謙三　檻《おり》

集英社文庫

火影《ほかげ》に咲《さ》く

2021年8月25日　第1刷　　定価はカバーに表示してあります。

著　者　木内《きうち》　昇《のぼり》
発行者　徳永　真
発行所　株式会社　集英社
東京都千代田区一ツ橋2-5-10　〒101-8050
電話　【編集部】03-3230-6095
【読者係】03-3230-6080
【販売部】03-3230-6393（書店専用）

印　刷　凸版印刷株式会社
製　本　加藤製本株式会社

フォーマットデザイン　アリヤマデザインストア　　マークデザイン　居山浩二

ISBN978-4-08-744282-3 C0193